JN243237

愛になれない仕事なんです

砂原糖子

新書館ディアプラス文庫

愛になれない仕事なんです

contents

illustration : 北上れん

愛になれない仕事なんです

「動くな、じっとしてろよ」

ベッドの上で膝立ちで見下ろし本名映視が告げると、枕元に座らされた塚原一頼は、ゴクリと喉を鳴らした。

スーツ姿の彼の首元から、本名はネクタイを抜き取る。手にぶらんと提げて見せたそれを挑発的にベッドの下へ放り、自らベルトに手をかけた。

ファスナーを下ろして手を離せば、スラックスは重力に負け、するりと膝まで落ちる。両膝は開き加減にシーツについた。露わになった白い太腿が、ワイシャツの裾の内へと伸びる。

食い入るように見つめてくる、熱を帯びた眼差し。再び唾を飲み、喉仏を卑猥に上下させる彼を目にすると、本名は口元に艶やかな笑みさえ浮かべた。

「そう言えば、足フェチなんだっけ？　シャツから覗くのが好きなんだったよな？　こんなふうに」

赤い舌で淡いピンク色の唇を舐めずる。

「一頼、見るだけでいいのか？」

「え……」

「いいよ、好きにして。俺はもうおまえのものだから、どこでも好きに触らせてやる」

「ちょっ…と、映視さんっ」

戸惑う男の手を取り、本名は太腿の内へと導いた。下から上へと。白い肌に熱い男の手を這わせ、シャツの裾から中へと忍び込ませる。

「あっ……もっと、奥……触って？」

つけ根で彷徨う指に、本名は柳眉を切なげに寄せた。

「……んっ、あ…っ……してくれないのか？　なぁ、一頼……」

「きょ、今日の映視さん……いつもと違うから」

「いつまでも同じじゃいられないだろう？　もうっ……あれから、どれくらい経ったと思ってるんだよ」

身を乗り出し、我慢できないとばかりに彼に迫った。普段はきつい眼差しを、とろりと甘い蜜のように溶かし、本名は蠱惑の笑みで男を惑わす。

「いいよ、じゃあ……じっとしてて？　全部、俺がするから。いい子にしてたら、気持ちよくさせてやるよ」

「……という夢を、昼に仮眠で見たんです」

聞き馴染んだ男の声は、内容のせいか艶っぽく響いた。

男二人で籠るには不自然さの否めない、ラグジュアリーなんて言葉も似合う高級ホテルの一室だ。

「ふーん」

窓辺の椅子で表を見つめる本名映視は、肘掛に片肘をついた姿勢のまま素っ気なく応える。日はとっぷりと暮れており、高層階からは光をはいてちりばめたような街明かりが望めるも、興味はない。

メイキングされたまま使われることもないベッドに反するように、繰り広げられるセクシャルな夢の話にも。

「なんすか、その薄すぎるリアクションは」

小さな丸いテーブルを挟んで向かいに座った男は、不満そうにこっちを見ていた。

塚原一頼。職場の同僚であり、二年近く交際中の男だ。

同性でありながら恋人である。

窓に映り込む男のスーツ姿は、背後に広がる人工的な光に満ちた夜景よりもよほど目を引く。馬鹿な話をしているとは思えないほど、見栄えのする男だ。

見慣れていても、時折ハッと息を飲むほど均整の取れた体軀。いつの世も女に持てはやされそうな男臭さは、一言で言えば格好がいい。歳を重ねるほどに、その傾向は強くなっている気がした。

性差を感じさせない顔立ちで、鍛え上げていても一見細身に見える本名は、自分とは大違いだなと思う。

そんな感想はおくびにも出さず、本名は短く息を吐いた。

「感想が欲しいなら言ってやる。最低だな、変態だな、夢見すぎだろ」

「夢なのに夢見すぎって……ひどい三択だな」

「三択じゃなくて、全部だ。それはおまえの願望か？」

「俺だって求められたいですしねぇ。たまにはこう、おねだりされたいっていうか……」

「まぁ夢なら自由だから好きなだけ見てろ」

恋人とは思えない本名の口ぶりにも、塚原は鷹揚に笑む。余裕を滲ませた表情が、長い付き合いで自分の反応を見越されているからかと思うと、ちょっと面白くない。

「相変わらず色気が皆無だな、映視さんは」

名前を呼ばれ、軽く睨んだ。ホテルの一室で二人きりであろうと勤務中だ。

「案外、正夢になったりして？」

「二十年後くらいにな」

「二十年後って……映視さんは定年してる頃ですかね」

「するか！　人を年寄り扱いしやがって、だいたい三つしか違わないんだぞ。おまえだってもう三十路過ぎてんじゃねぇか」

「いつも先輩風吹かせてるくせに、都合に合わせて同年代ぶらないでくださいよ。まぁ、たしかに俺ももう三十一ですけどね」

出会ったときには互いに二十代だったというのに、本名も三十四歳だ。仕事に追われ、時が過ぎるのなんてあっという間だった。

「それじゃ、二十年後を楽しみに今を生きますよ。約束ですよ？」

つれない態度を崩さないでいるにもかかわらず、年下の恋人は嬉しげに目を輝かせる。

「ふん、言ってろ。どうせあちこちで似たような約束して回ってんだろ」

「そんなにモテるように見えます？　もうずっとあなた一筋だってのに。このとおり浮ついてるヒマもありませんしね」

「『ずっと』の前があるだろ、おまえは。案外、今年辺り迎える『二十年後』のお約束があったりしてな」

「嫉妬ですか？　二十年前って俺いくつっすか。そんな約束は誰とも……」

急に言葉が鈍った気がした。

なにか思い当たる節でもあったのか。

本名の眼力は、優しげな顔立ちを一変させるほどきつい。つい据わった眼差しでその眸の奥を確認しようとして、左手に意識を引き戻された。

握り締めたインカムは、特定小電力トランシーバーだ。いつもながらの時間潰しの会話の間にも、敷地を飛び交う電波で状況を伝え続けている。

『エレベーター内の防犯カメラ、マルヒ、確認した。入室を待って突入する』

荒れた音声ながら、待ち侘びた情報が届く。

「来た」

待ち人、来たる。

「二四〇五号室、了解」

本名は送話に切り替え、短く応えた。

「本名さん」

「ああ」

一変した空気に、塚原の緩んだ唇も硬く結ばれる。

ターゲットのご到着に、一斉突入のタイミングの指示。立ち上がりながら、スーツの下のものを探った。久しぶりに携帯の指示が出た拳銃のグリップの硬い感触に、否が応でも気は高ぶる。

警視庁組織犯罪対策部第五課、薬物捜査第七係。

本名も塚原も、今も組対の刑事だ。

張り込みとなれば、車でも農家の作業小屋でも高級ホテルの一室だろうと籠って機を窺う。

インカムの合図で部屋を出ると、周囲の部屋で待機していた捜査員たちもまた、ぞろぞろと姿を現したところだった。幸い足音は忍ばせずとも豪華なホテルの厚いカーペットが吸い取ってくれる。

ボーイの振りをした捜査員が、手はずどおりに白い扉脇のチャイムを鳴らせば、対象の部屋からはバスローブ姿の女がのん気に出てきた。「きゃっ」と短く声を上げた褐色の肌の異国の女を押し退け、室内へと一斉に雪崩れ込む。

「警察だ、全員動くな‼」

すべてが予定どおりだった。

広々とした部屋に全員と呼ぶほど人の姿はなく、パーティの催される気配もないこと以外は。


「どうなってんだよ」

捜査車両のセダンで、本部庁舎へ戻る本名の声は低く据わった。フロントガラスを見据える目つきは言わずもがなだ。

「これっぽっちの大麻押さえるために張ってたんじゃねぇぞ！」

ビニールの小袋を隣の男に放ろうとして堪える。塚原が運転中なのもあるが、僅かだろうと押収品だ。

「こっちは大口の密輸取引になるっていうから、気合入れて張り込んでたってのに。おかしくないか？　どこで間違えたんだ、クソ」

「どこも間違えちゃいませんよ。実際、ネタどおりに大麻は見つかってますし、いたのは今心会の組員です」

「だが、追ってたスーツケースの中身はタイの土産物品でいっぱいだったし、大麻なんて出てきたのはこれだけじゃねぇか。こんな量じゃ、海外旅行で羽目外して吸って、『出来心で持ち込みました』なんて言い訳で押し通してくるぞ。あとの缶の中身も全部ただのハーブティだろう。レモングラスでどう逮捕しろって言うんだ！」

「税関の情報が間違ってたってことですか？」

語調も荒い本名だったが、そう問われると返事には慎重になる。

コントロールデリバリー。今回の捜査は麻薬特例法を使った泳がせ捜査だ。密輸に気づいた税関職員が、捜査権のあるこっちに回してきた。

「まさか、情報の漏えい……」

「税関の機密保持は絶対だ。万が一、職員が繋がってるなら、こっちに情報流さないよう工作だってできる。ただ……引っかかるな。今心会の空振りは今回だけじゃない」

「大井コンテナ埠頭の件ですか？」

「ああ、去年も一件あった」

お茶を濁すように雑魚を摑まされ、本丸は実体のない煙のように消えて痕跡も得られずじまい。

「けど、同じ組が絡んでるってだけじゃ動きづらいですね。もう少し材料がないと」

本名は前のめりに浮かせた背を、返事代わりのようにシートに深く戻した。零れそうになる溜め息をどうにか堪える。

やり場のない苛立ちと焦り。運転席の塚原も当然同じ思いのはずだが、ハンドル操作には淀みもブレもない。

車はいつもと変わらぬスピードで、虎ノ門の交差点のカーブを滑らかに曲がった。街明かりがフロントガラスを撫でるように右から左へと流れる。車も少なくなった時刻だからか、やけに眩しく感じられた。

横たわるように広がる夜の闇と光の中をゆったりと車は行く。平静を取り戻しつつも、本名の心はどこか深いところでざわめきが収まらずにいた。それは、今夜得られなかった成果のせいかもしれないし、別のなにかかもしれない。

車窓を眺める素振りでサイドウインドウに目を移し、運転席の塚原を窺う。

映る静かな横顔。ぼんやりと街の明かりに滲む、イエローベースのネクタイ。また替える手間を惜しんだのか、昨日と同じだ。

相変わらず大雑把で杜撰なところのある男だ――けれど、それすらもわざとではないかと勘繰るときがある。

感情をあまり見せない男なのだと、いつからか感じるようになった。

「今心会の件はすべて洗い直す必要があるな」

警視庁本部庁舎のフロアでデスクについた係長の廣永は、本名の報告に静かに頷いた。大がかりなガサ入れは成功すれば誇らしいが、失敗に終われば肩身は狭い。今回は泳がせ捜査が絡んでいるだけに、上からの風当たりはきつく荒れるだろう。

廣永もいつになく厳しい表情だ。

「とにかく、ご苦労だったな」

労いは普段と変わらないだけに、無力感を覚える。十名ほどいる七係のメンバーは二年の間に主任が一人入れ替わったが、それ以外大きな変化はない。

歯がゆい空気に通路を行ったり来たりしていた佐次田が、机をバンと叩いた。

「疲れるほど活躍できてないっすよ！　もしネタが本当なら、一度摑んだモンを逃がしたわけじゃないですか」

いつも坊主のように短く髪を刈り、取調室では被疑者を縮み上がらせている七係屈指の強面だが、デスクの廣永は苦笑交じりに応える。

「トカゲに上手いこと尻尾を切られたか」

「トカゲどころか、あいつらウナギですからね。ぬるぬる逃げやがって」

「ウナギなら何遍手で捕まえようとしても無理だ。別の方法を考えないと。明日から仕切り直しだ。とりあえず、今日のところは帰れる者は帰って休め。サジ、おまえも帰らないといいかげん嫁さんがヘソ曲げるぞ」

　組対のオアシスと言われる人格者の廣永だが、人当たりがいいだけでは上へは上がれない。若い部下は造作もなく転がされ、嫁の一言にまごつく。

「ま、まだ嫁じゃないっすよ」

　女っ気なし、恋愛は禁止されずともできない砂漠の部署で、佐次田に新しい恋人ができたのは半年ほど前。結婚を前提に同棲中というから随分と惚れられたものだ。

「おまえらは相変わらずだなぁ。サジに先越されるとは情けないぞ」

　廣永の視線が、矛先となってこちらに向く。

　塚原は早速報告書を纏めているらしく、パソコンに向かっていた。こういうところはマメで感心する。本名は書類仕事は苦手で、調書から経費の申請まで、急かされてようやく提出することも珍しくない。

　キーボードを叩く塚原は、しれっと返す。

「まだ先越されると決まったわけじゃないでしょう。別れないとも限らないですしね」

「ちょっとぉ、塚原さん、縁起でもないこと言わないでくださいよ！」

　佐次田の反応に笑いを噛み殺す男に、廣永が尋ねた。

「塚原、おまえは今夜も予定はなしか？」

「さくっと切り上げて帰らせてもらいますよ。ローズハウスのモエミちゃんに今週こそ行くって伝えてますんで」

「またキャバクラか。ほどほどにしろよ、おまえならそんなところに行かなくてもモテるだろうに」

廣永のみならず周囲は呆れ顔だが、キャバクラ通いがプライベートと私費を投じた情報収集であるのを本名は知っている。最近は言うほど通ってもいないことも。

「チヤホヤされたい年頃なんですよ」

塚原は言いながら、白いプラカップの刺さったカップホルダーを机の端に置き直した。机の縁から一センチばかり。倒せば悲惨な結末の待つ位置だ。

以前なら目くじらを立てて注意していた本名は、気がつきながらも視線を素通りさせ、脱いだスーツの上着を手に立ち上がった。

「それじゃ、俺はお先に失礼します」

軽く声をかけ、フロアを後にする。

庁舎を出てしまえば、見通しもよく静まり返った歩道に一日の終わりを感じる。昼は中央省庁だけでも五万人あまりが働く霞ケ関とは思えない光景だ。

本名も地下鉄の入り口に吸い込まれ、普段どおりに電車に乗ったが、向かう先は自宅ではなかった。隣の駅で降り、出てすぐのところにあるカフェに入る。

客は少なく、セルフのコーヒーのトレーを手に入口近くの席に座った。煙草を止めてはいないが禁煙席だ。

なにが楽しいのか、奥から若いグループの弾けるような笑い声が響く。ＢＧＭのサックスのメロディはアダルトというより気怠く、眠気を誘うも居眠りをする間もなく待ち人は現れた。

通りの眺めやすい席からは、地下鉄の出口を上がってくる男の姿が見える。

「すぐ帰るつもりだったから、一緒に出ればよかったのに」

真っ直ぐに向かってきた塚原は、声をかけつつ手前の空いた椅子を引いた。

「俺とおまえが？　何事かと思われるだろう」

今だって傍目には仲のいい先輩後輩などではない。仕事が終われば右と左へ、言葉も交わさずに別れるような間柄。同性であるのを抜きにしても、社内恋愛などあり得ない。

いつしか、職場ではカモフラージュの合図を交わすようになっていた。

コーヒーのカップを机の端に置くのは、『いつもの店で待ち合わせ』だ。

「まぁこれはこれで、逢い引きって感じで悪くないですけどね。でも、せめてほかの合図にしませんか？」

「なんで？　俺はすぐにピンとくる」

「俺は映視さんの小言が始まりそうで落ち着かないです」

本名は小さく笑った。

職務から解放されれば、名前を呼ばれても睨んだりはしない。組対に入って目つきも悪くなり、眉間に深い皺まで刻むようになった本名だが、酒が入らずとも塚原を見る目がときどき甘くなるのを自覚している。

目線は自然とテーブルに落ちた。

照れくさい思いを躱すためだ。

「どこか飲みに行きますか？」

「いや、いい。今日は疲れた。コンビニでなんか買ってく」

「だったら俺の家に直行してくれてもいいのに……って、鍵がないか」

自宅の次によく知る部屋となってだいぶ経つが、今も合鍵は受け取っていない。

本名はコーヒーを飲み干すと、話を切り上げて席を立った。

「一頼、もう行くぞ」

再び電車に乗り、塚原のマンションへの道すがらコンビニへ寄って、食料を調達した。

弁当とツマミに一人頭数本ずつのビール。今夜は憂さ晴らしに飲んで過ごすつもりだったけれど、ビール一本で寝室へ向かった。

先に誘ったのは塚原でも、本名も今夜はそのつもりだった。

部屋を訪ねるのは三週間ぶりくらいだ。胃袋以外も飢えるには充分な時間と言える。

入庁して十年あまり恋人もおらず、右手で世話をするだけで不自由はないと思い込んでいた頃からすれば、飛躍的な変化だ。

今は塚原を前にすると、自分は淡泊でも恋愛不能者でもなかったのだと思わされる。

ベッドに上がる行為に、中高生みたいに容易く興奮した。もう二年になるのに、押し倒されると心臓が高鳴って、大きな手がスラックスの腰を抱いただけで、中心が膨れてくるのを感じる。

早く欲しいと、慣れた愛撫やその先の行為に期待して熱が集まる。

男なんて——と戸惑っていたのが、今は嘘のようだ。ゲイであるのは、もう否定するつもりはない。肉体的にも興奮し、受け入れて快楽を覚えるのを、単なる生理反応だなんて言い訳はナシだ。

ただ、惚れるのはどうやら目の前の男だけだった。

性別以上に、塚原一頼という人間に惹かれているのだと思う。

「……一頼っ……あ…っ……」

互いに裸になると、久しぶりに触れる肌に息が上がる。

全身くまなく埋めるような愛撫を施されて、潤滑剤に滑る長い指を狭間の奥に入れられる頃には、本名の声は恋人のそれになる。

年齢差も、上下関係もなく。声音は、口に含んで確かめられるものなら蕩けてしまいそうに甘い。

本名は男の腿の辺りを跨ぎ、ベッドで向き合っていた。

「んっ……ぁっ、ふ……」

腰が自然と浮き上がる。アナルに飲んだ指を軽く締めつけると、無自覚に前後に揺らいだ。

男は中に快感のスポットがある。前立腺を弄られると堪らないのだと、自分に教え込んだのは塚原だ。

じわりと広がる重たい官能に、本名は身を捩る。

「あ…っ……ぁう……もっ……」

ねだる言葉ははっきりと口にしないながらも、いつからか最後にはそれを求めるようになった。

「……よりっ……一頼っ、もっ、もう……」

挿入の瞬間は思わず声を上げた。指とは比較にならない質量と熱。ぬるぬると押し当てられた先端で、窄まろうとする入口を大きく開かれ、回した手で広い背にしがみつく。

両腕いっぱいに男の逞しい体を感じた。何度か名を呼ぶと、焦らすように入口で前後し始めていた昂ぶりが、ずくっと深く入り込んでくる。

「あぁ…っ……あっ、あっ……」

「……映視さんも、俺のツボ、心得てきたみたいだな。挿れるとき……しがみついてっ、名前……っ……呼んでくれるなんて」

上がった息づかいで囁かれ、吐息が何度も耳元を掠めた。

本名は抗議のように、縋りついた背に指を立てる。

「この、体勢だとっ……摑まらないと、やりづらいだけだっ……」

「また、そんなこと言ってて、嘘は泥棒の始まりですよ？」

からかう声を響かせながらも、下から何度か突き上げられた。座位では体勢が不安定になりやすい分、相手に身を任せる感覚が強い。

すべてを恋人に委ねる行為。ぐちゅぐちゅと淫らに体の中を攪拌されながら、本名は拗ねたような声を漏らす。

「おまえこそっ、嘘が上手いくせして」

「え……」

「係長にっ……キャバクラ行くって、言ってたろ？」

「空気、読んで合わせただけなのに……悪人扱い、ひどいな。映視さんだって、嘘つくときもあるでしょ？」

「悪人っ……扱いしてる、わけじゃない。感心、してっ……るだけだ。それにっ……俺は、捜査に関係あるときしか、嘘なんて……」

上がる息と共に、視界は幾度も揺れる。小刻みに上へ、下へと。抱いた腰を強く引き寄せ、根元までズンと収めては抜き出すを繰り返しながら、男はふっと笑んだ。

「……そうですね。たしかに」

「否定、しないのかっ……？」

「俺も感心してるから。普段は、嘘つけない性格のくせに……捜査になると肝が据わるところとかっ……心底、惚れてます」

「ば、バカ…っ……ぅっ、あっ……」

奥を打たれ、深さにぶるりと頭を振る。本名は目の前の肩に思わず額を押し当て、抽挿にリズムを合わせる余裕もなく、ハッハッと犬のような短い息をついた。

「映視さん……今日は気が乗らない？」

問う声に驚いて顔を上げる。

「えっ、あ……どうして？」

「いや、いつもより鈍いなと思って」

『反応』と言って示されたのは、二人の間で頭を擡げたものだ。本名の性器は昂ぶってはいるものの、勢いはまだ完全とは言えない。

「ちょっと我慢して。このまま……」

ゆるゆると扱き始めた男の手に、本名は激しく狼狽えた。

「や、やめっ……それは嫌だってっ」

「だって今日の映視さん、乗り悪いから……こうしないと、後ろだけじゃイケないでしょ？」

快楽の在り処を教えられた体は、後ろで達することも覚えた。一方で、それ以上の刺激を強すぎると感じるようになってしまい、本名は最中に性器に触れられるのを嫌がった。

「のっ、乗り、悪くなんて…なっ……」

否定するも心当たりはある。快楽を求めているのは本当でも、果たせなかった任務への思いが熾火となって燻り続けている。

「責めてるわけじゃないです。俺も同じだし……けど、今は……俺に集中して」

「待っ……そっちは、本当に…っ……んっ、や…ぁ……」

ぬるっと塚原の指が滑った。

先端に滲むカウパーは、直に触れられると栓でも開いたみたいに溢れ出す。クルクルと指を動かし、浮き上がる透明な雫を周囲に塗り拡げながら、塚原は耳元に熱い声を吹き込んできた。

「……ああ、すごく濡れてきた。後ろも気持ちいい？　キュウってなってる……俺のこと、中で締めつけてるの判る？」

「やっ、やめろ……言う…なっ…て」

「……判るんだ？」

「バカっ……んっ、ん…っ、やっ、かず…っ、より……一頼、だめだっ……あっ、あぁ…っ……」

亀頭の括れを執拗に弄られて身を捩る。弱いところを摩擦され、ずちゅっと一際大きく突き

上げられれば、先走りは今にも白濁(はくだく)したものに変わりそうにとろとろと零れ落ちる。

強制的に高められた性器が切ない。リズムよく体を下から揺さぶられ、本名は啜(すす)り喘(あえ)いだ。

仰(あお)ぐ男を見つめ返すと、その男性的で整った顔を軽く撫で、両手で包み込んだ。

「ふ…ぅっ……」

どちらからともなくキスをした。

唇を押しつけ合い、足りずに伸ばした舌を絡ませる。加わった官能的で深い口づけに、男を跨いだ腰が震えた。

「あっ……あっ……もう……」

「……イケそう？」

問われて頷く。

「んっ……うんっ、あっ……」

こくこくと頭を振りながら、奥から上がってくるなにかに下腹がヒクつくのを感じる。

やがてびしゃりと男の手を白濁で濡らし、同時に身の奥深くに飲んだものをきゅうっと締めつけた。奥で塚原も爆(は)ぜ、無事に達せられた安堵のような感情を覚える。

「……映視さん、気持ちよかった」

それは問いかけなのか、感想なのか。よく判らないまま、本名は「うん」と頷いた。

繋がったまま何度か唇を押しつけ合うキスをして、共有した興奮と想いを確認する。久しぶりの二人だけの夜。

終わった後は、そのまま揃ってうとうとと眠りにつき、本名はしばらくしてからシャワーを浴びようと先に起きた。

熱い湯を浴びれば頭はしゃっきりとなる。戻ったリビングで、明かりも点けないままテレビのリモコンスイッチを入れると、深夜にニュース番組をやっていた。

危険ドラッグの一部が、新たな規制対象になったと報じている。

もちろん知っているが、改めて聞きたいタイミングでもない。煙草を手にカウンターキッチンへ向かう羽目になった。

薬物中毒者を取り締まる警察官がニコチン中毒とは、褒められたものではないが、相変わらず喫煙率は一般企業より高い。

「また新しいイタチが増えるだけでしょうね」

不意に響いた声に顔を向ける。起きてきた塚原は、上半身は裸のままのスウェットのズボン姿で、ソファに座るとテレビ画面に目を向ける。キッチンとテレビの明かりだけで部屋は薄暗い。

「……ああ、まぁな」

規制はイタチごっこが実情だ。網の目を潜るように次々と類似の新薬が登場し、市場に出回る。

製薬会社の医薬品設計で生まれるものが多く、今は麻薬に指定されたＭＤＭＡも、元を辿れば新薬の開発途中で生まれた代物だ。

「タバコ、こっちで吸っていいのに」

換気扇の下の本名を見ると、塚原は言った。

「部屋が煙たくなるのは嫌だろ」

「べつに俺も止めたつもりはないし」

塚原はこのところ本数を減らしている。『なんとなく』とか、『価格が上がりすぎだ』とか言うけれど、本名は自分のためではないかと感じていた。二人で吸えばチェーンスモーキングにハマり、喫煙量は増える。

気遣いの甲斐あってか、本名もだいぶ減った。

煙草を揉み消す革張りの携帯灰皿は、付き合う前にパチンコ屋の景品で塚原にもらったものだ。いつまでも後生大事に未使用で持つのも恥ずかしく、使い始めたら余計に愛着が増してしまった。

塚原はくたびれてると言うが、飴色に変化した革は、いい風合いが出てきたと思う。

「映視さん……」

なにげなくカウンターを出ると、塚原がぎょっと目を瞠らせた。本名の羽織った生成りのシャツは塚原のもので、ズボンも穿いておらず素足のままだ。

「俺へのサービスですか?」

「そんなわけあるか、着替え持ってくの忘れたんだ」

寝室のクローゼットに本名は自分の服もいくらか置かせてもらっているが、シャワーを浴びるのに持参し忘れ、洗面室の棚のシャツを拝借(はいしゃく)した。

「てか、俺の足なんかもう見飽きてるだろ」

「俺は映視さんを見飽きたりしないいし、彼シャツ姿はまだ貴重です」

「フェチは言うこと違うな。俺にはわからん」

男が素足を晒(さら)したところで間抜けなだけだ。シャツの裾(すそ)をさり気なく引き下ろしつつ座った本名は、ソファに体を預ける。

不意に隣から手が伸びてきて、指の背が肌を撫でた。

最初は突いて確かめるような仕草で。頬に触れたかと思うと、耳朶(じだ)から顎(あご)のラインを辿り、首筋までするすると下りて行く。

刷毛(はけ)で色でもはかれたみたいだ。男の指の感触が痕跡となって残る。

「どうした?」

訝(いぶか)しんで問うと、塚原は真顔で応えた。

「いや、映視さんが隣に来たなぁと思って」

「……なんだそれは」

「時々こうやって確かめるんです。つれなくされた期間が長かったんで、後遺症みたいなもんかな。ほら、遭難したり食べ物に飢えた経験すると、あるときにがむしゃらに食べておこうとするって言うでしょ」

「同じにするな。おまえのはただの……」

呆れて反論しようとして言葉に詰まる。

——ただのなんだと言うのだろう。

甘さと呼ぶものにしか思えず、口にするのは躊躇われた。本名は言葉を濁したまま眩しいテレビに視線を戻す。

天気予報に切り替わった画面では、気の滅入る話は片づけたとばかりに、女性アナウンサーが笑顔を振りまいている。

「夏服、もう少しここに置かせてもらおうかな。暑くなると汗かくし」

「俺のを好きに着ていいですよ。つか、いいかげん越してくればいいのに。そうすればいろいろと解決するでしょ」

替えの服を用意する手間も、帰宅の時を考える気の重さも。およそ普通とは言えない生活の中で、恋人としての時間を捻り出す苦労も。すべては一つ屋根の下で暮らしてしまえば解決する。

ひやりとしたものに首元を襲われ、本名は僅かに身を竦ませた。

冷たく硬質な金属は、部屋の鍵だ。

「……どこから出したんだよ。おまえは手品師か」

「隙あらば渡そうと狙ってますから。同居の手始めは、合鍵を持つことからってね」

ソファの背もたれに片肘をついた男の眼差しは、やや不満げになる。

「待ち合わせんとき、話はぐらかしたでしょ？　いいかげん、受け取ってくださいよ」

「いい。俺はケジメのない関係は嫌いだ」

「映視さんくらいですよ。恋人に合鍵出されて嫌がる人なんて」

本名に毎回拒否しているにもかかわらず、懲りない男は到底同意しがたいことまで持ち出す。

「ケジメねぇ……じゃあ、結婚でもしますか」

「バカ言え」

「本気で養子縁組しても構いませんけど……現実的じゃありませんかね」

一般職でもままならない行為で、まして警察官である。わざわざ事を荒立てて大きくする必要もない。

塚原には順当に昇進して欲しい気持ちもあった。ノンキャリアは上り詰めても警部だけれど、例外的に評価されれば警視も夢物語ではないだろう。

相応の期待も評価もされている男だ。

本名と同じ現場主義であるから、言えば『昇進なんて興味ない』と突っぱねるに違いないけれど。

「だいたい、おまえが男と住んでも家族はなにも言わないのか?」

「あんまり会ってませんからねぇ。元気に生きてさえいれば問題ないでしょ」

「そんなわけあるか」

「うちは妹もいますし。親元で孝行してますよ。近況報告がちょくちょく入って、返事の催促もしつこいのなんのって」

「それは前にも聞いた」

塚原の実家は埼玉にある。

母と、結婚した妹が一人。

小学生の姪っ子の話はしても、親兄妹について語られることはほとんどない。

塚原の父親が警察官で、殉職していると知ったのも、本人からではなく古巣の品川西署の課長からだった。応援要請でしばらく合同捜査になった際、耳にして驚いた。

『息子が東京で本店勤務なんて、亡くなった親父さんも誇らしいだろう』

埼玉県警の自動車警ら隊員だった父親は、パトロール中に酔っ払った若者のケンカに遭遇し、止めようとして一人の出したナイフに刺されたらしい。

子供の頃の話だと、塚原には煙に巻かれたが、警察官を目指したのは偶然ではないだろう。

どうしてもっと話してはくれないのか。

窺えない感情。自分が見ているのは、塚原の表面にすぎないと感じるときがある。

海は荒れても穏やかでも、その底がどうなっているのか知れない。底の在り処さえ、測れない。

海の外にいる者は、ただ日の光に揺らぐその色で深さを想像するだけだ。

「キャバクラの女に返事する暇があったら、妹さんやおふくろさんに連絡しろよ」

咎める本名の声に塚原は笑った。

「はいはい」

「ふざけるな。『はい』は一回だ」

「俺の部屋で先輩風はやめてくださいよ」

仄暗い部屋をテレビの光が舞い、その顔を照らす。淡い陰影を生む男の横顔を本名はじっと見ていた。


翌日から始まったホテルでの検挙者の取調べは、新たな情報は出てこず早くも根比べに陥った。

取調べが長期戦になるのは珍しくもない。事件の背景なんて小一時間もあれば語れるだろうと思われがちだが、就職の面接とはわけが違う。

企業に入りたい就活の学生と違い、刑務所になど入りたくもない被疑者は嘘をつく。話を脚色し、事実を捻じ曲げる。

自分をよく見せたがるところだけは同じか。

真実を知るためには、対話が重要だった。彼らの多くは、嘘をついてもけして自分を知られたくないと思っているわけではない。

人はどこかで自分を知られたがっている。

自分が何者で、どんな人生を歩み、なにを思いそこにいるのか。

誰かに知ってほしいと、心の底では願っている。

一日籠りきりだった取調室を出ると、本名は夕方からの捜査会議に遅れて加わった。

今日は総勢二十人ほど。ホテルでのガサ入れには、隣の六係も合同で関わっている。所轄への応援要請は今後の捜査状況を見てということになった。

「本名さん、ウナギの尻尾っすよ！」

会議室に入るや否や、佐次田が意味不明な声を上げる。並んだ長テーブルの面々が見ているのは、正面のモニターだ。

「なんなんだ？」

「ウナギの捕まえ方、見つかりそうなんですよ」

隣の空席に収まると、佐次田はやや得意げに耳打ちし、こちらへ向き合う最前部のテーブルで係長が映像の確認を始めた。隣には渋い顔の管理官の池林の姿もある。

「今心会のガサ入れ現場周辺だ。ホテルモントアーレのロビー、先月の大井コンテナ埠頭、昨年の西麻布のマンション駐車場」

防犯カメラの映像を編集したもので、同じ人物らしきスーツの男が映っている。

正しくは人物の断片だ。年齢、身長や風貌は不明。男は防犯カメラの位置を把握しているとしか思えないほど、巧みにフレームの中心から外れており、全身が映り込んでいるものは一箇所もない。

それでも同一人物を疑うのは、断片に映り込んだ左手の腕時計が一致しているからだ。

「どう思う?」

廣永の言葉に佐次田が応えた。

「高そうな時計っす」

素直すぎる反応に、『おまえは黙ってろ』とどこからともなく声が漏れるも、塚原がフォローのように口を開いた。

「いや、でもそこが重要なんですよね。この時計はオーデマピゲのロイヤルオークオフショアで、調べてみたところ昨年発売した限定モデルでかなりレアな高級時計です」

本名は思わず口を挟んだ。

「塚原、おまえが摑んだネタなのか?」

「発生時に画像収集がぬかりなく行われてたおかげですよ」

この数日、塚原が泊まり込みで捜査支援分析センターに出入りしているのは知っていた。刑事部内で、防犯カメラの画像解析などの後方支援を専門とする部署だ。

しかし、協力が得られても探し物がはっきりしない中では、最終的に膨大(ぼうだい)な情報を精査(せいさ)し、捜査に役立つものに変えるのは現場刑事の仕事になる。腕時計の出所まですでに調べ上げているとは、相変わらず塚原の調査能力の高さには驚かされた。

「つまり、時計の線からこいつを特定できるかもしれないってことだな。それでこいつは今心会に関わる人間なのか?」

「偶然どの現場にも同じレアもの時計をした奴が現れてたとは考えにくいですからね。映っていたのはすべてガサ入れの前です」

「目的はなんだ？　何故、現場近くに現れる」

パイプ椅子にもたれて腕を組んだ塚原は、唸(うな)るような声音で応えた。

「それはまだ判りません。これからです」


翌日から、捜査に腕時計の男探しが加わった。

限定品の予約で身元を摑みやすいのは助かるが、購入者を一人ずつ当たるとなると骨が折れる。

「自社ビルってわけじゃないんだな」

午後に訪ねたビルは、エントランスの表示板に複数階に渡って目当ての会社名が入っていた。エリミ製薬株式会社。反社会勢力との繋がりの薄そうな会社員にもかかわらずマークしたのは、勤め先の製薬会社という業種が引っかかったからだ。

「すぐに参りますので、どうぞ応接室でお待ちください」

エレベーターで上階に向かうと受付嬢が出迎え、朗らかさに早くもハズレを予感した。

案内された応接室は、清潔感を強調してかソファまで真っ白で統一されており、窓からの眺めは開放的で明るい。

「ン百万も手首に巻けるほど製薬会社ってのは儲かるのか」

板についたむすりとした表情を崩さないまま本名は言い、ソファの隣で愛想良く受付嬢を見送った塚原が応えた。

「ピンキリでしょう。ポストにもよりますし、時計は拘る男は拘りますから。会社は、今は経営も安定しているようですが、十年ほど前に一度倒産しかけてますしね」

「おまえ、それ調べてきたのか？　さっき行った会社も調べ上げて……」

話を続ける間もなく、ノックの音が響いた。

「どうもお待たせしました。臨床開発部の光瀬です」

扉が開いた途端、空気が変わったように感じられたのは、気のせいではないだろう。

その場の空気を変える人間というのはいる。判りやすくは容姿で、所作や身につける装飾品でも独特の存在感は生み出される。

年齢は三十代前半か。服装だけ言えば、極普通のサラリーマンだ。ライトグレーのスーツに淡いブルーのシャツ。ネクタイはグラデーションカラーの小さなドット模様で、地色は深いネイビー。

それから、手首には問題の腕時計。

見目はいい男だ。体つきは痩身の部類で、身長は本名と同じ百七十センチ台半ばか。栗色の髪で肌色は白く、ハーフと言っても通じそうな顔をしている。

「警察の方がいらしてると聞いて、驚きましたよ」

柔和な笑みをたたえ、男は言った。

「どうもお手間をおかけします。警視庁交通部の本名です」

警戒心を解くため、所属は偽った。

立ち上がりながら警察手帳を開き見せ、本名は隣に座ったままの塚原に気づく。

「塚原？」

訝しんで窺えば、入ってきたばかりの男に目を瞠らせている。

「そちらの刑事さんは知っています」

「え？」

「同じ中学でしたから。刑事になったとは知りませんでしたけど。見間違いかと思って驚きましたよ」

光瀬は、とても驚いているとは思えない穏やかな口調だ。

「そうなのか？」

動揺を一人請け負ったように、塚原は歯切れも悪く答えた。

「ええ、まぁ……地元の中学校で」

「久しぶりだね、一頼」

「宮森さん……どうもお久しぶりです」

宮森と呼ばれ、男は首を振った。

「今は姓が変わってね。卒業後に養子縁組したのは知らないかな？　それに昔は成人くんって呼んでたよ、君は。ああ、何年ぶりかな！　昔すぎて忘れるのも無理はないか」

「製薬会社に入ったなんて知りませんでした」

「あれから大学まで進学して、薬学部に入ったよ」

再会は嬉しいらしく、男は輝かせた目を塚原に向ける。

「それで、お尋ねしたいのは……」

本名は本題を切り出し、腕時計について確認を始めた。向かいのソファに座った光瀬は、テーブル越しに時計を掲げ見せる。

「盗品でも偽物でもないと思いますけどね」

「時計自体に問題はないんです。我々は事故の目撃者を探しておりまして。参考までにお聞きしたいんですが、今月の三日の夜はどちらに？」

問いに、どういうわけか男はくすりと口元を綻ばせた。

「金曜でしたら、研究室ですね」

「では、先月の八日の午後は？」

「研究室じゃないでしょうか」

「……もう一つ、昨年の十二月十三日の夜なんですが」

「研究室でしょう」

適当としか思えない返事に、本名は睨みそうになる。

「光瀬さん、昨年についても即答できるほど記憶がおありなんですか？」

「ああ、すみません。休日も返上で詰めてることが多いものですから、つい。必要でしたら後でタイムカードの履歴をチェックしておきましょう」

「お願いします。ところで、今どうして笑ったんですか？」

本名は無遠慮に問い質し、薄い笑みを唇に貼りつかせたまま光瀬は目を細めた。

「いえ、刑事ドラマみたいな質問なんで、面白いなって思いましてね」

「面白い？」

一般的な反応とは違う。人は警察官を前にすると、後ろ暗いところなどなくとも、多かれ少なかれ身構えてぎこちなくなるものだ。

この男にはまるでそれがない。

「臨床開発二部と名刺にありますが、こちらではどんなお仕事を？」

「医薬品の研究をやっています」

「医薬品とはどういった？」

「向精神薬は扱っていますが、オピオイド系の鎮痛剤の開発は行ってません。あれは大手の専売ですよ」

モルヒネなどの麻薬性鎮痛剤だ。突然、核心に触れるかのように持ち出され、本名は驚くと共に警戒心を抱く。

「……いや、特に限定して尋ねたつもりはないんですが」

「刑事さんはやっぱりそちらに興味がおありかと思いまして。日本は医療用麻薬についても拒否反応が強いんです。警察の麻薬撲滅の啓もう活動の効果でしょうねぇ。病の疼痛の緩和やコントロールは、今は治療と同じくらい重要なんですが……ところで、それが僕の時計となんの関係が？」

「参考にお仕事についても伺っただけです。失礼ですが、こちらの給与だけでその時計を？」

「刑事さんよりはもらってるんじゃないかと思いますよ。ああ、すみません、失礼でしたか？」

光瀬はくすりと笑った。挑発されているように感じるのは、いちいち面白がる反応が癇に障るからだ。

「いえ、光瀬さんはお若いのに室長のようですからね」

「開発二部は小さな部署ですから」

「この会社は長いんですか？」

「まだ一年半です。中途採用で、叔父の口利きのコネ入社ですよ」

コネがあったにしても、室長とは随分と好待遇だろう。

「その前はどちらに……」

本名が追及しようとすると、男は「ああ！」と唐突に声を上げた。

「そうだ、もう十八年だ」

「え？」

「僕は中学二年生だったから、あの日から十八年になる」

視線の向かった先は、隣でずっと押し黙って話を聞いていた男だ。

「本当に久しぶりだね、一頼。予定より少し早くに会ってしまったようだけど」

塚原から連絡を受けたのは、夜になって本部に戻ったときだった。

『すみません、今夜の予定はキャンセルさせてください』

携帯電話に届いたメッセージを確認した本名は、画面をじっと見据える。

『帰りにメシでも』と軽く交わした約束についてだ。予定が変わり、互いにドタキャンなど珍しくもない。けれど、聞き込みに手こずっているならそう説明するだろうし、本部に戻る気があるならそこで伝えればいい。

製薬会社を出てから、塚原の様子はずっとおかしかった。いつもと変わらない軽口も交えていたが、長い付き合いで心ここに在らずなことぐらいは判る。あげく午後から単独行動がしたいと言われ、別行動になった。

「まいりましたよ。時計のコレクション広げて小一時間ですからね！」

エレベーターでは、たまたま一緒になった佐次田がぼやいている。腕時計の所有者の確認は、存外にストレスを受けているようだ。

「セレブだかなんだか知らねぇけど、こっちは金持ちの自慢話聞かされるためにド田舎まで行ってんじゃないってのに！」

フロアに辿り着き、先に降りた佐次田は坊主頭を捻ってこちらを振り返った。

「本名さん？　降りないんすか？」

「ああ、悪い。今日は寄りたいところがあるから直帰する。係長に伝えといてくれ」

「伝え……て、もう着いてんのに！　捜査会議は!?　自分で言ってくださっ……」

返事を待たずにボタンを押した。エレベーターの扉は閉じ、本名は戻ったばかりの庁舎をまた後にする。

家に帰るつもりはない。

本名が向かったのは、エリミ製薬の入ったビルだ。昼は涼やかな表情で迎えたビルは、夜は煌々と窓明かりを輝かせて聳える。

まだあの男はいるのか。

塚原は現れるのか。

勘に従い来たものの、確認する術もやはり己の勘しかない。

本名は周辺を見渡した。正面玄関の傍に、地下駐車場の出入口。ここで車と人の出入りを張るのも悪くないが、オフィス街なだけありカフェもすぐ近くに何軒かある。

一番に目についた通りの向かいの店ではなく、路地の引っ込んだ店へ本名は向かった。もしも二人が約束を交わしているのなら、塚原はなにも目立つ店で待つ必要はない。

近づいてみるとアルコールも扱うバール店だった。仕事帰りの一杯にも適した店は、そこそこに賑わっており、外までざわめきは響いてくる。

覗いたカウンター席にグラスビールを飲む塚原の姿を見つけ、読みどおりにもかかわらず本名の表情は強張った。

この店にいるということは、やはり同意の待ち合わせに違いない。ジョッキでなく小ぶりのグラスビール。おそらく、そう待たずにあの男も来る。

本名はゆっくりと目を瞬かせた。被疑者の張り込みのときと変わらない、表情のない死んだような目をして、店外のレンガ風の壁に背をもたせかける。

傍に路上駐車中の車のエンジン音が鼓膜を不快に震わせ、更けていく夜の通りを、仕事帰りのサラリーマンが幾人も行き交う。

光瀬はほどなく姿を現した。

真っ直ぐに店へと入って行く男を、本名は無表情に見送る。

『あの日から十八年になる』

考えていた。あの言葉の意味も。

『予定より少し早くに会ってしまったようだけど』

『早くに』と言うからには、もっと長い期間が事前に想定されていたということだ。十八年の歳月よりも、もっと長い時間が。

まるで約束でも交わしていたかのようだと感じたのは、張り込みのホテルで塚原とあんな会話をしたからだろうか。

二十年後の約束。

目的地はほかにあるらしい二人は、すぐに店から出てきた。

「宮森さん、払いますよ」

先を行く光瀬の背に呼びかける塚原の声が響く。

「いいよ、僕が誘ったんだ。それと成人でいいよ。名字も変わったしね」

路上で聞き取れた会話はそれだけで、二人は大通りへ出るとタクシーに乗った。本名もすぐに後続のタクシーを捕まえ、後を追う。

車に不審な動きはなく、二人は広尾の路地で降りて店に入った。予約していたのか迷う素振りもなく、光瀬の行きつけなのかもしれない。

値の張りそうなフレンチレストランだ。

本名は店に入るのを迷った。金額の問題ではなく、男性の一人客では悪目立ちしそうな店だからだ。中に入っても、いつも都合よく話に聞き耳を立てられるわけじゃない。

——そもそも、どうしようというのか。

本名もよく判らずにいた。

これは職務なのか、単なる私情でプライベートの詮索か。

路地には温い空気が吹き溜まったように停滞していた。湿度が高い。

食事がてらの密会ならまだ当分二人は出てこないだろう。

身を潜める場所を探して辺りを確認すると、車が一台路肩に停車したところだった。眩しく輝くようなホワイトカラーのセダンはメジャーな高級外車で、車体とナンバーに見覚えがある。

さっきのバールの前に停まっていた車だ。やや無遠慮に見てしまい、運転席の男とフロントガラス越しに目が合った。扉を開けて降りてきた男に、本名は瞬時に身構える。

纏う空気の異質さからだ。

年齢は若い。二十代後半くらいか。黒いスラックスに白いシャツ。ネクタイも黒ではないだろうがダークな色合いだ。スーツのジャケットは身につけておらず、風体は歓楽街のクラブやバーの従業員でも通りそうだが、見る者をヒヤリとさせるオーラが放たれている。

服の上からでも判る逞しい体つきに反し、撫でつけた短めの黒髪の下の顔は、肉を削いだようなシャープさだ。猛禽類を思わせる眼差しの鋭さが際立つ。

異質だが、本名にはよく馴染んだ空気だった。代紋を掲げた反社会勢力の事務所には、似たような連中が出入りしており、サシで向き合うことも少なくない。

——ヤクザか。どこの組だ？

この男も後をつけてきたらしい。男はこちらに構うことなく車体にもたれて煙草を吸い始め、本名は帰る素振りでその場を離れた。

車の背後につくよう、少し離れた四つ角で張る。ただひたすら待つには長すぎる時間が過ぎ、ようやく塚原と光瀬は店から出てきた。

そして、思いも寄らないことが起こった。

光瀬は車に真っ直ぐに近づいた。中に戻っていた男は声をかけられるまでもなく車を降り、後部シートのドアを開ける。

息をするかのように滑らかなその動きは、常日頃からそうしている証しだ。ただの知り合いではなく、忠犬のように帰りを待っていたとしか思えない。

傍には塚原もいる。光瀬は同乗を促したようだが、片手をひらりと振って断った男は、一人大きな通りへ向け歩き出した。

光瀬を乗せた車も走り去る。テールランプが遠退き、閑静な路地にはタクシーが通りかかる気配はまるでない。

残された選択肢は、塚原の後を追うことだけだ。

いくらも経たないうちに、大きな通りへ出る。列を成す車のヘッドライトに、歩道を行き交う人のざわめき。僅か前の静けさが嘘のように賑やかな通りだ。

無意識に息を深めに吸い込む。スーツの上着のポケットから出した携帯電話を操作し、本名は耳に押し当てた。十メートルほど手前を行く男もまた同じく電話を取り出し、一瞬躊躇うように画面を見据える。

『はい』

塚原は電話に出た。

仕事モードの声だ。

「塚原、今どこだ?」

本名も職務中のぶっきらぼうな声になる。

『ちょっと調べたいことがあって……今日はすみません』

「なんだ、またキャバクラ捜査か？」

『まぁ、そんなところです』

「収穫があったんなら、教えろ」

調子よく返っていた声が途絶えた。差しかかった交差点で車のクラクションが鳴り響き、慌てて送話口を手で覆う。赤信号に引っかかった塚原は足を止め、距離を保ったまま本名も歩道の真ん中で立ち止まった。

言葉を選ぶ男の声が、街の喧騒の中で耳に届く。

『空振りです。大した収穫もなかったんで、なにか摑めたら知らせますよ』

「ふうん、判った」

つらつらとした嘘に、本名も白々しく返した。

じっと立ち止まっていると、雨を予感させる湿った空気が、温い風となって頬や首筋を撫でる。

「まぁよかったんじゃないのか。女の子も久しぶりに会えて喜んでたろ」

数日もすると梅雨も本番とばかりに、しとしとと雨は降り続くようになった。

給湯室の狭い窓からは、ただ目の前を通過するだけの雨が音もなく地上へ向けて下りる。

「武村勇也、二十八歳。車の運転手は、本名さんの予想どおり裏の人間でしたよ。旭崎組の元構成員です」

プラカップのコーヒーを手に流しにもたれる本名は、くたくたのメモ帳片手の佐次田の報告に問い返した。

「元？　今は違うのか？」

「高校中退で世話になっていたようですけど、七年前に麻薬密売の一斉摘発の際に逮捕……えーっと、あれですよ、港区で銃撃戦になったやつです」

「ああ、確か負傷者が出た……」

銃撃戦と言っても、派手なドンパチではなく数発撃ち合っただけだが、日本ではそのような状況に陥ることは珍しい。

「武村は組の幹部を庇って撃たれ、自身も傷害容疑で実刑判決を食らってます」

「幹部を守ってお勤めとは、特進ものだな。しかし、今心会じゃないのか……」

同じ広域指定暴力団山方組の傘下で関係性は悪くない。兄弟分といった間柄の組だ。

「本名さんのほうはどうでしたか？　車の所有者は光瀬って奴で間違いなかったんですか？」

「ああ、組の車かと踏んだんだけどな」

「なんなんすか、そいつ。イケメンでやたら羽振りがいいみたいですけど、本名さんは腕時計の男だって睨んでるんすよね？」

「まぁ背格好も否定する要素はないな」

だが、肯定する要素も乏しい。あるのは裏社会の人間が近くにいるということと——

「サジとこそこそやってると思えば、給湯室捜査ですか。新しいな」

間口から響いた声に、本名はドキリとなる。廊下を覗けば、塚原が眉根を寄せた顔で壁に背を預け立っていた。

盗み聞きとは趣味が悪い。

「光瀬はシロですよ」

「おまえは知り合いだからそう思いたいだけだろう。ヤクザをお抱えの運転手にしているような男を、よくシロだなんて言い切れるな」

「武村なら、そこのサジの調べどおり足を洗ってます」

「表向きヤクザを辞めた振りをしてる奴なんて珍しくもない。年々締めつけも厳しくなってるからな。あの男だって……」

言葉を遮るように、塚原はスマートフォンの画面を突きつけてきた。映し出された画像に、本名の目は釘づけになる。

「なんだこれは？」

「病院のカルテを撮ったものです。武村は一昨年、このとおり半死半生の怪我で入院していますが、旭崎組を強引に抜けようとして受けた制裁です」

証拠まで準備とは、相変わらず手際がいい。

「……病院送りになったからって、抜けたとは限らないだろう。圧力に屈して、裏で繋がっているかもしれない。だいたい組の幹部を庇うような筋金入りが、なんでヤクザやめたがるんだ」

「本名さんの理屈だと、ヤクザは死ぬまでヤクザですね」

更生を否定するつもりはない。聞き捨てならない言葉に、本名は背を向けた男の後を追う。

「塚原、おい！」

飲みかけのカップのコーヒーが荒い足取りに激しく揺れるも、構っていられない。微妙な空気に巻き込まれた佐次田が、「ほ、本名さんっ」と顔に似合わない弱々しい声を上げて後に続いた。

「塚原、おまえも光瀬を怪しいと睨んでるから、傍にいる男のことまで調べ上げたんじゃないのか？」

「睨んでませんよ。昔馴染みなんで、ちょっと気になったまでです」

そのわりに表情が厳しいのはなんだと思った。

昔馴染みに会って浮かれた様子など感じられない。一昨日、あの男と二人きりで会ってからはなおさら——

「そんなに近況が気になるなら本人に直接聞けばいい。お高いレストランでこそこそ密会するくらいだからな」

フロアに戻り、自分の机に向かおうとしていた塚原は振り返った。

「知ってたんですか。どうやって……まさか俺まで尾行を？　悪趣味だな」

「廊下で盗み聞きする奴に言われたくないね」

いきなり始まった棘のあるやり取りに、フロアの面々は『なんだなんだ？』という表情だ。

夕方の捜査会議にはだいぶ早い時間にもかかわらず、戻っている者が多かった。

「おまえがなんと言おうと、俺は光瀬をマークするつもりだ」

ほかにも怪しい所有者は挙がっているが、本名が光瀬に疑惑の目を向けるのは、武村の存在や金回りのよさだけではなかった。

腕時計の男をネタに仕立てた張本人にもかかわらず、急に塚原の動きが消極的になったからだ。昨日の捜査会議では、別の糸口を洗うことすら提案してきた。

まるでほかへ目を逸らそうとでもするように。

「塚原、おまえはあいつとどういう関係なんだ？」

「中学の昔馴染みです。俺のほうが一年後輩ですけど、一時期親しくしてました。でも半年ほどのことで、卒業してからは会ってもいません」

会っていなかったのは、あの驚きようから本当だろう。

「親しくしてたって、学年も違うのにどうやって……」

部活動などであれば、関係は半年では終わらない。

質問に答える間もなく、塚原のスーツの胸ポケットで電話が鳴った。振動音に先ほどのスマートフォンを取り出した男は、その場で耳に当て短く声を発する。

「どうした？」

『噂をすれば』の相手などではなさそうだ。極親しい者を匂わせる会話には、簡潔な中にも不穏な単語が入り混じる。

電話を終えると、もの言いたげな本名の眼差しに答えるように塚原は言った。

「妹からです」

「なにかあったんだろう？　入院って、今……」

「ええ、まぁ……母が倒れて入院することになりました。前から調子が悪くて、手術も考えていたんですが……でも容体のほうはもう落ち着いたそうなんで、大丈夫です」

「大丈夫じゃないだろ、なに言ってんだ。どこの病院だ？」

本名のほうが動揺した。

「聞く必要あるんですか？」

「隠す必要があるのか？」

即座に問い返すも、たった今電話で聞いたばかりの話を、塚原は過去のことのように受け流そうとする。

「地元の総合病院ですよ。コンビニみたいに気軽に行ける距離じゃありません。もういいですか？」

面倒な先輩に絡まれたとでもいうような態度は、周囲にとっては目新しくもないだろう。

窓際のデスクの廣永が口を挟んだ。

「塚原、今日はもういいから、病院に行ってこい」

「お気遣いありがとうございます。けど、母は大丈夫です。妹がついてますし、俺にできることもありませんから」

「そういう問題じゃないだろう。息子が顔を見せれば安心するもんだ」

「田舎には年末にも帰っています」

半年前の帰省を頻繁（ひんぱん）すぎるかのように語るのは、誰もが帰省とは縁遠い生活を送っているからだ。休日すらあってない毎日で、呼び出しがかかればどこにいようと馳（は）せ参（さん）じる。

塚原には、自分だけが優遇されるわけにはいかないという思いがあるのかもしれない。

「塚原、いいから……」

廣永の咎（とが）めるような声にも、素っ気なく応えた。

「係長、それは命令ですか？」

「サジ、おまえはたしか刑事ドラマに憧れて警官を目指したって言ってたよな」

本名が運転席を見ると、大きな体を猫背気味に丸めた佐次田は話を聞いているのかいないのか、ハンドルを必死の形相で握り締めていた。

夜道に赤いテールランプが光の帯を作る。前方の車を追う顔は真剣そのものだが、安心して運転を任せられる男ではないのが、漲る緊張感からもビシビシと伝わってきた。

カーブを曲がる度、遠心力に本名も体が持って行かれそうになる。

「……運転、替わったほうがよかったか?」

「いえ、本名さん大丈夫っす！　尾行が得意じゃないだけっす！」

どうやら大丈夫ではない。

二人は光瀬の車を追尾中だった。

「えっと、話なんでしたっけ？　ああ、理由！　華麗な推理で事件解決して、カッコよく決め台詞言うような刑事になりたかったんっすよ！」

「決め台詞言うデカなんていねぇよ」

「いいじゃないっすか、憧れっすよ！　憧れ！　『おまえはもう死んでいる』みたいな？」

「被疑者殺すな」

「そういう本名さんは、どうしてこの仕事就いたんすか？」

「まぁ、そうだなぁ。俺も似たようなもんだ」

なんとなく辿り着く職業ではない。中には公務員で安泰と考える者もいるようだが、ほかに身の安全の保証された仕事はいくらでもある。

塚原はどうしてこの仕事を選んだのだろう。

やはり亡くなった父親の影響か。今になって強く気にかかるようになった。現実を見るので精一杯、未来すら脇に追いやった暮らしの中で、過去に思いを馳せるようになったのはあの男が現れてからだ。

見据えた車の後部シート。街のネオンを反射するリアウインドウの向こうには光瀬がいる。

再びカーブを曲がった車は、引き込まれるように夜の店の並ぶ通りへと入って行った。

「二軒目もまたキャバクラですか。いいご身分っすね」

銀座の高級クラブでお楽しみの後は、場所を変えて次の店へ。半月ほどのマークの間に、光瀬はそうやって週に数回クラブに通っている。

「研究室に詰めてばかりが、聞いて呆れるな」

お抱え運転手がいれば、そりゃあ酒を飲むにはなにかと都合もいいだろう。

後ろ尻を見慣れた車が停まると、アルコールが入っているとは思えない涼しい顔の男が一人歩道へ降り立つ。片側一車線の混雑する通りだ。そのまま車は走り去るも、いつもどおりどこかで時間を潰して戻るのだろう。

あの武村とかいう男、忍耐力は張り込みの刑事並みだ。何時間の待機だろうと厭わない。光瀬と会話をしている様子はほとんどなく、まるでよく訓練された無駄吠えすらしない犬のようだ。

本名は隣に声をかけた。

「サジ、おまえはもう上がれ」

「え？」

「ここじゃ車停めるのも一苦労だろう。なんかいつもと違う動きがあったら連絡する」

「いいんすか？　いやでもっ、それじゃ本名さんが単独行動に……」

「嫁さんも今頃単独だぞ」

『まだ嫁じゃない』とかなんとか、モゴモゴ言い出した佐次田を車に残して降りる。

光瀬はこの店にはすでに複数回訪れている。夜遊びなら高級感もある銀座のクラブを好みそうな男だが、よほど気に入りの女でもいるのか。

探っても、有り触れたクラブで特筆すべき点は見受けられない。店名はキャッスル。『城』とは、随分とまた古臭く場末感の漂う名だ。そのわりに客層が比較的若いのは少し気になった。

おまけに客には――

本名は、通りにひしめく色とりどりの看板を仰ぐ。夜は華やぎを見せる歓楽街。光瀬の通う店も紫の看板を掲げるも、ほかの雑居ビルに比べ明かりは乏しく、ひっそりとして感じられる。

細長いシルエットの間口の狭いビルだ。

怪しまれぬよう、本名はタクシーも拾いやすい向かいの歩道へ移動した。

「くそっ、降ってきた」

二十分も経たないうちに、パラパラと雨が地面の色を変え始めた。

傘は去った車の中だ。雨は瞬く間に僅かな軒先では凌げないほど強くなり、場所を移動するしかないと周囲を見回していたところ、光瀬がビルを出てきた。

どういうことかと思った。時間はほとんど経っていない。武村の運転する車もまだ戻らないままだ。

雨でけぶる視界の中、徐行の車の間を縫うように車道を渡った男は、あろうことか真っ直ぐに本名の元へやってきた。

「どうも、おつかれさまです」

完全に意表を突かれ、本名の雨粒に濡れた頬が強張る。

傘を差しかけられて反射的に身を引くも、背後は閉店した靴屋のショーウインドウだ。

「光瀬……さん」

「刑事さん、奇遇ですね……なんて、しらばっくれたほうがいいですか？　交通課の刑事さんってのは、お仕事熱心のようだ。事故の目撃者探しに、一般市民を半月も追い回すなんてね」

「そんな嫌みを聞かせにわざわざ？」

本名は気を取り直しつつ応えた。

相変わらず人を食ったような喋りをする男だ。差しかけられた透明なビニール傘を雨が叩く。

「いえ、これを差し上げようと思いまして。店で余っている忘れ物の傘です」

「どういうつもりですか？」

「どうって、べつに他意はありませんよ。表で捨て猫が雨に濡れているのを知っていながら美味しく酒が飲めるほど、割り切れる性格でもないんでね、僕は」

刑事を捨て猫呼ばわりで、他意がないとはよく言える。

「へぇ、随分といい根性をなさってるようですが」

「組対の刑事さんほどじゃないでしょう」

光瀬はさらっと言い放った。

本名もいつまでも驚かされはしない。

やはり最初の尾行で武村に姿を見られたのがまずかったのか。それとも、ほかでヘマをしたか。いずれにしろ、光瀬は抜け目のない曲者に違いない。こちらを調べるのも造作ないのだろう。

一つの傘の中で、すっと身を傾げて顔を近づけてきた男は、値踏みでもするかのように本名の顔を見る。

「見た目はそうは見えませんけどね。タレントみたいに制服にたすきがけして、一日警察署長

でもやるほうがずっとお似合いだ。もしかして、いつも怖い顔なさってるのはそのせいですか？」

煽られるなと自分を諫める時点で、平静を失わされているに違いない。

本名は声音だけは変えずに応えた。

「あんたもそっちの人間には見えない」

「どっちです？　僕はあなたと同じ側の人間ですよ。善良な市民だ」

「刑事よりもらってる製薬会社社員は、Ｓクラスのベンツに運転手をお抱えにするほど羽振りがいいってのか？」

「武村のことでしたら、運転手ではありません。お金はまぁ、贔屓筋に愛されてますんでね」

歌舞伎役者か。ツッコミを覚えるも、本名はにこりともせず、至近距離でも構わず男を凝視した。

「どこの筋の方々だか。その気に入りの店も、さっき行ったクラブも、今心会の幹部と出入りしてただろう？」

「だから僕もヤクザだと？　飛躍しすぎですよ」

「繋がりがあるのは確かだ」

「彼らと同じ店で飲んだら、罪になるんですか？　単なる知人です。同じクラブに出入りをしていたら、顔見知りになったまでのこと。こうして刑事さんと馴染みになったのと、同じですよ」

「ただの顔見知りに、ヤクザの若衆(わかしゅう)が見送りに頭下げるのか？」

「ヤクザ屋さんは、礼儀正しい方が多くて。見た目は怖いけど、なかなか気のいい方たちです」

微笑みを浮かべたままの白い顔。間近で見るほど目が笑っていない男だ。

淡い色をした虹彩(こうさい)の奥に、冷たい暗がりを感じる。

感情を殺した本名の眼差しにもそれは似ていなくもなかったけれど、ふと海の底を思い起こした。表が荒れても穏やかでも、変わることなく底の在り処さえ測れない海。

海など遠い、ザーザー降りの雨にネオンサインの滲む街の一角で、スーツ姿の男二人は互いの腹を探り合い立っていた。

激しさを増す雨は、ピッチを上げるドラムのリズムのようにビニール傘を打つ。

「僕はまだしばらく飲もうと思ってますから、必要でしょう。遠慮なさらず、お使いください」

「賄賂(わいろ)を受け取るつもりはない」

「たかだかビニール傘ですよ。頑(かたく)なな人だなぁ。でも、そういうところが気に入ったのかもしれませんね」

『誰が』と問うのは、判りきった質問どころか藪蛇(やぶへび)になる気がして、本名は口を噤(つぐ)んだ。

しかし、構わず続ける光瀬は懐かしむような目をして言う。

「残念だな。どうやら果たされない約束になりそうです」

「……約束？」

淡い双眸がすっと細められた。

「『二十年後、もう一度会えたら』。続きはゆっくり考えてみてください。張り込み中は退屈でしょうから」

光瀬は手にしたもう一本のビニール傘を、背後の店の柱へ立てかけて置いた。

「どうぞ。もらうのが嫌なら、ここに返してくれればいいです」


とうに日付も変わった時刻、本名は本部庁舎に戻った。

この時間ともなると、疲れのせいか室内の明かりの照度が下がったように感じられる。実際、だだっ広いフロアの中には明かりを落とした課もある。珍しく揃って退勤できたのだろう。

組対五課は何人かの姿があるが、七係は一人だけだ。

「まだ残ってたのか」

後ろを過ぎりながら、塚原に声をかけた。

「本名さんこそ、帰ったのかと思ってましたよ。また今日も……」

熱心に机のノートパソコンに向かっていた男は、背後を仰いで瞠目する。

「どうしたんですか、びしょ濡れじゃないですか」

本名は足を止め、濡れた髪に手をやった。撫でつけたくらいでは誤魔化しようもない。ライトグレーのスーツは上着の下のシャツまで濡れそぼり、ネクタイは雑巾のように絞れかねない有様だ。

タクシーに乗車するのも憚られ、店から徒歩圏内だった本部まで歩いて戻った。

「ああ、急に雨が降り出してな」

「急にって、サジと車のはずじゃ……予報も出てましたよ。まだ梅雨なんだし、傘くらい持って……って、なんかいつもと逆ですね」

「そうだな。小言を言うのは俺の役目だ」

ふっと可笑しくなって口元を緩めるも、目が合うと自然と表情は硬くなる。

塚原の続けそうな言葉は判っていた。

「今日も光瀬だったんでしょ?」

「ああ。追うのはやめろって話なら、もう聞き飽きた」

何度も繰り返したやりとり。こんな時間では溜め息すら出ない。

「塚原、俺の納得できる理由があるなら言ってみろ」

言われた男は苛々と椅子を揺らすでもなく、乗り出しかけた身も言葉も、ただ静かに停止させた。無言の抵抗に思えてならず、本名は軽く息をつく。

「じゃあ、質問を変える。あいつとどんな約束をしたんだ」

「え……？」

「あいつがそう言っていた。おまえと二十年後の約束を交わしたと」

いくら謎かけの先を想像したところで、答え合わせがなければ憶測にしかならない。光瀬が言わないなら、塚原に訊くまでのこと。

塚原はしばらく考え込むように沈黙してから口を開いた。

「もし……二十年後くらいにまた会うことがあったら、そのときはもう一度始めようと」

「なにを？」

「……友達を」

「違うだろう」

「違ってませんよ。ただ、考えてもはっきりと聞いた覚えがないだけです」

その日は嘘は言っていないように感じられた。

「なんでそんな約束したんだ？　ケンカでもしたのか？」

半年足らずで付き合いをやめた友人が、わざわざ交わす内容ではない。

「子供の他愛(たわい)もないいざこざですよ」

「いざこざって？」

「なんだったか……思い出せもしないようなことです。ああ、そう、借りたゲームを返さなかったとか」

さりげないが、言葉を濁された。

本名はゆっくりと目を瞬かせる。

『続き』ではない。光瀬の謎かけはミスリードに過ぎず、重要なのはその先よりも、どうやら約束に至った理由だ。

二十年後――中学生にとってそれは約束ではなく、永遠の別れの言葉だ。おそらく本当に二十年近く経って再会するだなんて、思っていなかったに違いない。

「……そうか」

自分の席に向かう本名は、やや焦ったような声に引き止められた。

「えい……本名さん」

名を呼ぼうとしたのだろう。塚原は机のコーヒーのカップを手にすると、端に置き直した。机の縁から一センチばかり。光瀬のことがあってから二人で過ごした時間はない。カップの意味が判らない本名ではなかったが、判るからこそ、無言で奥へと置き戻した。

密やかな誘いは、それだけでストレートな拒否へと変わる。

「おつかれ」

短く声をかけて机から鍵を取り、ロッカー室へと向かった。背中に視線を感じながらも、振り返る気にはならなかった。

同じフロアにある無人のロッカー室で着替えをすませ、濡れた服はクリーニングに出すためのビニールバッグへ無造作に放り込んだ。

スーツからスーツへ。仕事用に用意した替えであるから仕方がないが、気の休まるときがない。真っ直ぐに机に戻る気にはなれず、湿った煙草の箱を手にした本名は喫煙所へと向かった。

ガラスドアの狭い喫煙所には、この時間にもかかわらず先客がいた。

いや、この時間だからこそか。わざわざほかの場所へ向かう気にもなれず、中に入る。目で挨拶を交わしつつも、先客の男たちは神妙な面持ちのまま話を続けた。係までは知らないが、捜一の連中だ。

殺人事件の捜査の話などではなく、どうやら女の話だ。こんなところでと思ったが、それもこんなところだからこそだろう。

束の間の気の休まる時間。プライベートに思いを馳せるのも無理はない。

「詮索してるつもりはないけど、つい考えてしまうんですよ」

椅子に座って肩を落とした男に、隣で年長の男が応える。

「職業病だな。その推察癖なおさねぇと、またフラれるぞ」

「経験談ですか?」

「バカ、俺はそんなヘマしたことねぇよ。とにかく、女と長続きしたかったら、過去を探ろうなんて考えないことだ。特に色恋沙汰に関してはな」

壁際で煙草を一本口に咥えた本名は、俯き加減にライターを構える。

湿気を帯びた煙草にはなかなか火が点ろうとはせず、安っぽいライターをカチカチと何度も鳴らして深く息を吸った。


七月になっても空は重たく、雲は去るのを嫌がるように垂れ込めていた。雨は小康状態ながらも、空気はずっと湿っている。

本名がハンドルを握る紺色のSUVは、捜査車両ではなく自分の車だ。

雲と一緒に押し流される景色が後方に過ぎ去る。高さを競うように集ったビルが姿を消せば、空は幾分広くなって感じられた。

見知らぬ景色は休暇に旅でもしているようだ。

実際、本名は非番で、訪れたのは埼玉県の山裾にある町だった。

この辺りまで来ると郊外というより田舎だけれど、早くから東京のベッドタウンとして人が集まったのは眺めから見て取れる。

捜査の手詰まり感に、光瀬の生まれ育った町を訪ねることにした。

つまりは塚原の故郷でもある。

捜査なら手順を踏み同行者も連れるべきなのは判っていたが、そうするとすべて会議で報告せざるを得なくなる。まずは一人で情報を収集することにした。

手始めは中学校からだ。

当時を知る者が誰かいないか尋ねたところ、運よく担任が市内の学校を異動で回った末に再び戻って教頭に収まっていた。

光瀬はどうやら印象深い生徒だったらしく、毎年多数の生徒を送り出しているにもかかわらず、面会した教師はよく覚えていた。

「まぁ、彼の素行は無理もないと思ってはいたんですよ」

職員室の一角で、応接セットの黒いソファに座った男は眼鏡を弄りながら応える。

膝上で本名が開いた卒業アルバムでは、金色の髪をした少年が薄い唇を引き結んでこちらを睨んでいた。

宮森成人。写真の下の名はそうだ。金髪は地毛ではなく脱色で、捻くれた中学生にありがちな自己主張だ。ヤンキー臭よりも、モデルのような派手さを思わせるのは顔立ちの為せる業か。

目つきは悪いが、現在の薄ら笑いに比べればよほど素直で可愛げもある。

「難しい年頃に両親が離婚して、最後はあれですからねぇ」

教師はやけに言葉を濁したがる。

「……アレとは？」

「中学を卒業した後なんですが、母親が亡くなったんです。その……おそらく自殺で」

「おそらくというのは、はっきりしていないんですか？」

「あー、自殺なのは間違いないんです。ただその……噂がありましたから」

曖昧さを漏らさず質問に変える本名に、たじろぐ男は今度は薄くなった頭髪を掻きながら答えた。

「彼の一家は東京から越してきて、高台に大きな家を構えるほど裕福な……人も羨む環境でした。でも、彼が二年に上がった頃、両親は離婚しまして……母親のおかしな行動が目立ち始めたんです」

「おかしな？」

「奇行って言いますか……突然クラス全員分のケーキを焼いて持ってきたり、息子が誘拐されると騒いだり。明るいかと思えば、虚ろな顔で学校の周りをうろついて……前はふっくらしていたのもどんどん痩せてきたので、最初はみんな病気を疑っていました」

「最初は？」

続いた言葉に本名の眼光は鋭く変わる。

「それが……麻薬に手を出してるんじゃないかって噂が出まして。母親の知人が警察に捕まったからなんですけどね。亡くなったのは……それから半年くらい経った頃になるでしょうか」

死因は轢死。下りた遮断機を潜って自ら線路に入り、目撃者も複数いたことから、事件性は取りざたされなかったらしい。薬物乱用についても近所の噂に留まったのだという。

「死人を悪く言いたがる人はいませんからね。関わりたくなかったというのも、本音でしょうが」

「それで彼は？」

「成人くんは、父親ではなく母方の親戚に引き取られて、大学にも進学したと聞いています」

「薬学部ですか？　大学名はご存知で？」

「そ、そこまでは……しかし、引き取られても姓は宮森のままだったと思いますよ。思い違いでしたら、すみません」

「いえ」

本名は軽く首を振った。

戸籍を確認したが、確かに姓は変わってはいなかった。つまり、『光瀬』は偽名だ。住民票も削除（さくじょ）されており、自宅マンションは知れているにもかかわらず住所不定という、極めて不自然な状況だ。

「ところで、塚原一頼（かずより）はご存知ですか？　一学年下の生徒で、彼と親しくしていたようなんですが」

「塚原……学年違いだと、私はちょっと記憶が……あ、いや、待ってください」

ただでさえ昔の話だ。担任でもない生徒について覚えているとも思えなかったが、教師は泳がせた視線を古いテーブルの木目（もくめ）に落とした。当時から使われていそうな、年季の入った応接セットだ。

「もしかして、あの子ですか」

「……アノとは？」

「この頃、表彰された生徒がいたんですよ。お年寄りから鞄を奪ったひったくり犯を追い詰めて、逮捕に貢献したと警察署から感謝状を贈られたんです。いやぁ、勇気ある行動だっていうんで、全校集会でも紹介しまして……あれが塚原くんって子じゃなかったかな」

塚原は昔はヤンチャしていたなどというタイプではなく、正義感に溢れた少年だったらしい。

「彼もなにか事件に関わってるんですか？」

「いいえ、塚原は今は警察官です」

「そうなんですか！　そういえば父親も警察官だったと聞いていました。思い出しましたよ」

「宮森とは仲がよかったんですか？」

「どうでしょう、あまり接点がないように思えますがねぇ。成人くんは、友達の多い生徒じゃありませんでしたし……」

話を耳にしながら、本名は手元の卒業アルバムをパラパラと捲り続けた。見知らぬ顔と名前が並ぶ。たとえ知人がいたとしても見過ごしそうな、かつての少年少女の写真だ。

クラス写真が終わり、部活動の写真に変わったところでページを捲る手を止めた。

「これは？」

金髪少年は意外なところにも写っていた。

「ああ、成人くんは部活に入ってたんですよ。演劇部で、まぁほとんど幽霊部員だったようなんですけど。彼はハンサムでしたからねぇ、女子がしつこく勧誘したみたいで」

本名は黙って聞いていたが、教師はぽろりと言った。

「そういえば、ちょっと刑事さんにも雰囲気似てましたかね」


似ているとは、顔立ちか。

それとも、目つきの悪さか。

卒業アルバムの光瀬のやさぐれた眼差しは、たしかにいつも凄んでいると言われがちな自分に通じなくもなかったが、あんな薄ら笑いのニヤけた男になる予定はないと思った。

そもそも、自分のほうが年上だ。

「塚原くんなら～演劇部じゃなかったけど覚えてます」

二人の繋がりを知る人間は、演劇部の同級生の女性だった。

現在は主婦の彼女は、抱いた赤ん坊をあやしながら、アパートの玄関先で応じてくれた。

塚原のことを覚えているという。

「宮森くんが連れてきてくれた子で～一回だけ、文化祭の劇に参加してくれました」

「連れてきた?」

「演劇部って～男子に人気なかったんですよ。でも女ばっかりじゃ劇にならないし～それで勧のときだけは出てくれたんです」

「塚原とは仲がよかったんですか？」

「どうかなぁ……誘うくらいだから、よかったんだと思いますよ～。ちょっと待ってください」

彼女は言い残し、部屋へと引っ込む。しばらく待たされたのち、赤ん坊の代わりに抱いて戻ってきたのはアルバムだった。

写真屋で無料で配られていたような、薄い紙製のものだ。表紙に貼られたファンシーなシールが、いかにも中学生らしい。

「二年の文化祭のときのです」

本名は薄いアルバムを捲り始める。

演劇部の集合写真に金髪頭の光瀬がいた。塚原の姿もある。今より髪は短く、さすがにあどけない顔をしているけれど、基礎はでき上がっていた。目鼻立ちのはっきりとした顔は、少年ながら男前だ。

続きを見ようとページを捲り、本名は思わず息を飲んだ。

写真を凝視し、表情はほとんど変えないままゆっくりと目を瞬かせる。

「あっ、それは違うんです。劇のハプニングっていうか！」

自分の写真でもないのに、彼女は焦った顔で弁解した。

「ハプニング？」

「宮森くん、ハマると役に入っちゃう人だったんで。いくら原作どおりでも、劇ではしないはずだったんですけど」

どんな話だったのか。切り取られた過去の時間。白い布を巻きつけたような衣装をまとった少年少女が、数人舞台に立っている。

その中で塚原に向き合う金色の髪の少年は、彼にキスをしていた。

空は夕焼けに色を変えることもなく、太陽は厚い雲に覆われたまま姿を消そうとしていた。

母親の件の裏は取れた。最寄りの警察署で確認した逮捕者の知人は、密売人だった。百貨店の外商のように、月に数回周辺の得意客の家々を回り、売り捌いていたらしい。

扱っていたのは主にコカイン。押収量も出回る量も少ない薬物だ。郊外に住む一般の主婦とは縁遠そうなものだが、本名は納得がいった。

コカインの流通量が低く抑えられている理由の一つは、その価格の高さだ。薬物の質はいいためハマる者も多く、金持ちの主婦だからこそ手が出せたとも言える。使用方法も、抵抗感の少ないストローによる吸引だ。

売人経由で末端の購入者も何人か検挙されているが、光瀬の母親は入っていない。

光瀬成人――宮森成人は、幼い頃から違法薬物に近い場所にいた。売人とも接していたかもしれない。

しかし、大学卒業から現在のエリミ製薬に入るまでは依然として知れないまま。引き取ったという親戚の元を訪ねても、ほとんど書類上の関係だけで、逆に近況を訊かれたくらいだ。

判明した進学先の都内の大学を当たるつもりだったが、本名は戻る前にある場所へ立ち寄った。

車を降りたのは、この辺りでは一番だという総合病院だ。

塚原の母親が入院している病院だった。

出しゃばりの自覚はある。知れれば怒られるだろうことも。恋人面でプライベートに踏み込むつもりはなかったけれど、見舞いにも帰ろうとしない男の同僚として無視できなかった。

――本当に純粋に職場の同僚としての思いなのか。

言い訳にすぎない気もした。病棟のエレベーターに乗り込むと迷いが芽生え、途中で見舞いに買った菓子の手提げ袋が、躊躇う背中をどうにか押す。

けれど、病室に到着すればそんな思いも吹き飛んだ。

「まぁ、一頼の同僚の方が見舞いに来てくださるなんて！」

母親は想像以上に元気そうだった。同室の患者と会話を弾ませていた声も明るく、なにより本名を歓迎してくれた。

「近くまで来たので、ご挨拶できればと思いまして。本当は息子さんが来られるとよかったんですが……同係の本名と申します」

窓際のベッドに半身を起こした母親は、警察手帳をしげしげと見つめた。急にやってきて、さすがに疑わしさもあるのかもしれないと本名は手渡し見せる。

写真は制服姿だ。普段は私服のスーツで、今日に至ってはノーネクタイ。だいぶ印象が違っているにもかかわらず、母親は写真と顔を見比べるようなことはせず、ただ大切そうに両手で手にした警察手帳を眺める。

「……巡査部長さん」

「階級は息子さんと同じです。ああ、これは……お見舞いです。息子さんから、渡してほしいと頼まれまして」

菓子の袋を差し出す本名は、咄嗟に嘘をついた。喜ばせたいばかりに口走った偽り。信じたのか否か、「まぁまぁ、わざわざすみません」と、警察手帳と入れ替わりに受け取った母親は口元に優しげな笑みを浮かべる。

塚原の母親なだけあって、年を重ねても美しく、化粧っ気のない顔も品よく見える女性だ。

勧められたベッドの傍のパイプ椅子に座ると、不思議なことを問われた。

「本名さんは、その……刑事さんなんですよね？」

「ええ、はい」

確認するまでもない質問に戸惑う。

「あの、どちらにいらっしゃるんですか？　所属の部署と言いますか、ご勤務は警察署なんですよね？」

「え？」

「あ、すみません。伺ったらまずかったかしら？」

見舞いに遠慮したらしい隣のベッドの女性患者は、病室を出て行くところだ。四人部屋のほかのベッドは空で、万が一この場で聞かれても困るほどの内容ではない。

「所属は、警視庁の組織犯罪対策部です」

母親は目を瞠らせ、本名も同時に驚いた。

「あの子は今、警視庁の刑事に……」

「すみません、ご存知なかったんですね」

「たまに帰ってても仕事のことはなにも話さない子なんです。交番の勤務から刑事になったことだけは、和菜から聞いてはいたんですけど……あ、妹です。いつも一頼からなんとか聞き出そうとしてくれて」

立場がないと言った表情だ。本名は慌てて和ませようとした。

「同じですよ。僕も彼からご家族の話を聞くことはほとんどありませんから。どうでもいいことはよく話すんですけどね」

「あの子は昔からそういうところがあって。お喋りの秘密主義って言うんでしょうか」

苦笑する母親は、ようやく口元を綻ばせる。

三十路をすぎた男を『あの子』と呼んでしまうほど、母親にとってはいくつになっても子供は子供だ。

息子の話がなによりの見舞いに違いない。張り込み中の他愛もない雑談の内容を話し聞かせると、嬉しげに目を細めて聞き入ってくれる。もちろん恋人関係や、詳しい任務についてはナシだ。

肝心なことを話そうとしないのは、結局自分も塚原と同じかもしれない。

楽しげに会話をしていた母親が、不意にぽつりと言った。

「でも、仕事のことは私のせいだと思います」

「え……?」

「一頼が話そうとしないのは、きっと……あの子から警察官になると言われたとき、反対してしまったんです。びっくりして、つい……お父さんみたいにならないでって」

警ら中に酔っ払いのケンカを止めようとして亡くなったという父親。家族に落ちた影は、完全に消えることはない。

「それは……ご主人が亡くなられたからですか?」

「ええ。あの人を亡くしたとき、誇りに思おうとしました。周りにもそう言ったと思います。

あの人は人に尽くす優しい人で、本当に立派でした。でも、一頼に警察官になると言われたら……あれが、きっと私の本音だったんです。あの子まで失うのを想像したら……」

「当然のお気持ちです」

本当にそう思った。身内をなくしてなお、笑顔で同じ場所へ送り出せるほど、人は強くも鈍（にぶ）くもなれない。

日本の警察官の殉職（じゅんしょく）率は、海外に比べれば遥かに低い。まだ安全だと信じていられるから、みな平静を保（たも）っているのだ。

「朝元気に出て行った人が、突然帰ってこない……そんなことが私たち家族に起こるなんて。危険も伴（ともな）う仕事だと、理解しているつもりでした。いつもは必ず『気をつけてね』って送り出して……でも、あの朝に限って、和菜が高熱を出して、病院に行く準備でバタバタしていて……」

ぽつりぽつりと語る母親は、白い布団に落とした視線を急にハッとなったように起こした。

「す、すみません、どうしてこんなことを。お見舞いに来てくださったあなたに、ごめんなさいね」

「いえ、聞かせてくださってありがとうございます……って、お礼を言うのも変ですが、すみません」

互いに謝り合い、目が合うとおかしくなって少し笑った。

笑うと、母親は目元が塚原に似ている。

「本名さんとお話ができて嬉しいです。あれからもう二十年以上も経ちますし、吹っ切れていないわけじゃないんですよ。少しくらい悪くてダメな人でもいいから、傍にいてくれればよかったのにって思ったりもしますけど……でも、やっぱり立派な人だったと思います。だから、あの子の仕事も認めてないわけじゃなくって。いつの間にか、刑事にまでなって……」

感慨深げに響く母親の声。

本名は告げた。

「彼はとても優秀な刑事ですよ」

ただの慰(なぐさ)めの褒(ほ)め言葉にならぬよう、自分の思いを乗せて託(たく)した。

「あいつは度胸もあるけど、慎重さもあるんです。俺が無茶をしそうになったときも止めてくれますし。後輩のくせにって、昔は煙(けむ)たく感じた時期がありましたけど……今は傍にいると、なんていうか……安心します。お父さんのことが、あいつを慎重にさせてるのかもしれません」

本当にそうなのかもしれないと思った。日常の取るに足らない小言を言うのは自分だが、身の危険に敏感に反応するのはいつも塚原のほうだった。

それでも、絶対に大丈夫だとは言えない仕事ではあるけれど――

「もしものときは、俺があいつを守りますよ」

するっと零(こぼ)れた本心に、ベッドからこちらを見つめる母親は緩(ゆる)く首を横に振った。

「それはダメ」

「え？」

さっきまで弱さを覗かせていた母親とは思えない目で、塚原にも似た眼差しを本名へ向け彼女は言った。

「あなたにも、あなたを大切に思う人がいるでしょう。子を守るのは親の役目だもの。今は遠くから思うことしか、できてないけど……それでも、私の仕事なんです」


病棟を出た本名は、駐車場の最奥に停めた車に乗り込もうとしてやめた。車体に背を向け、パンツのポケットから煙草と携帯灰皿を取り出す。

飴色(あめいろ)に変わった革の灰皿。母親と話をしてからは、ホームシックにでもかかったみたいに塚原のことが頭を占(し)めた。煙草を吸いたいというよりも、手にしたものを眺めたかったからな気がする。

もっと言えば、正直会いたくなった。

——会いたい。

観念したように自覚してみれば、どっと感情は心に溢れる。顔だけならほぼ毎日見ている。昨日も一昨日(おととい)も。一年、三百六十五日、会わないでいる日は数えるほどなくらいだ。

でも今はずっと会えていないかのような、寂しさと心の隙間を覚えた。

自ら生んだ距離だ。

息子に滅多に会えない母親に比べたら、どれほど我儘な話か。いくら捜査で意見が対立したからといって、プライベートでまで遠ざけている自分を、今は素直に愚かだと思った。

失ってから気づくようなことがあっては遅い。

人は呆気なく別れのくるときもある。

自分だけは大丈夫と信じても。自分だけは、どんなときも強くいられると信じたとしても。

あいつを失えば、俺は——

そんな風に考えるほど、いつの間にか大きな存在になっていることを思い知った。

唇に乾いたフィルターを挟み、本名は煙草に火を点ける。深く吸い込んだ空気を紫煙に変え吐き出した。

重たく湿った空気の中を、煙は夜を迎える空へとふらふらと上って行く。

光瀬はどうだったのだろう。

ふと今は無関係であるはずの男の顔が、頭をよぎった。

あの写真。思い浮かんだのは、憎々しいほどに不敵な現在の光瀬ではなく、まだ不安定な年頃の、あの目つきばかりが鋭い金髪の少年だ。

文化祭の写真で、塚原にキスをしていた。

白い横顔。金色の髪の下で閉じられた目蓋と、淡く開いた唇。塚原のほうは驚いた表情をしていて、芝居だったと演劇部の彼女も言っていたけれど――本名の目には、そうは見えなかった。

――光瀬は、塚原を好きだったのではないだろうか。

冷たい感触を指に覚えた。咥え煙草で見下ろせば、崩れ出した空から落ちた雨粒が、手にした灰皿をも打つ。

ポツリポツリと、染みでも作るかのように革の色を変えた。

「いらっしゃいませ」

極彩色とも言える真っ赤なドレスの女に迎えられると、今日という一日がすべて塗り替えられたかのように遠くなった。

病院の糊の効いた清潔なリネンも、穏やかな山裾の町の空気も、表で降りしきる雨音さえここにはない。店のドアが閉じれば、いつもの街の喧騒さえもが遠く、温い作り物の夜が始まる。

本名は光瀬の行きつけのクラブに来ていた。

「雨、大丈夫でした～？　また来てくださるかなぁって、すっごく心待ちにしてました」

人工的な色。人工的な光。不自然に目を大きく見せる人工物のカラーコンタクトを嵌めた女は、口から出る言葉も紛(まが)いものだ。

前にも客を装(よそお)い店を探った。今夜は確かに二度目だけれど、本当に覚えているものか怪しい。

否定するように女は微笑んだ。

「本田(ほんだ)さん、ハンサムで女の子にがっついてないし〜、真面目そうだから、もう来てくれないかと思ってたんです」

本田は捜査で使う偽名だ。奥のボックスシートで隣に座った女は、ハンカチで本名の雨に濡れた服を拭(ぬぐ)いながら言う。真面目そうに振舞ったつもりはないが、こういった店で羽目(はめ)を外すのが苦手なのは事実だ。

想像と理由は違うけれど、女にがつがつしていないのも。

「ありがとう、助かったよ」

長いネイルの指が首筋を掠(かす)めても、なにも感じない。

光瀬もそうだとしたら。文化祭の劇で気分が高揚したとはいえ、塚原にキスをしたあの男も同性愛者なのだとしたら。

想像が当たっていれば、光瀬の夜遊びの理由はなくなる。足繁くクラブに通うのは、ほかに目当てがあるということだ。

金曜の今夜、光瀬は店に来るはずだ。

女の話に適当な相槌(あいづち)を打ちつつ様子を窺っていると、予想どおりに姿を現した。迎える女たちには一瞥をくれただけでフロアを過ぎる男は、前回目にしたときと違い席にもつかず奥へ向かう。

『キャッスル』という古風な名前どおり、古城のような雰囲気の店だ。よくできた遊園地のアトラクションの入口をどこか思わせるのは、壁に作り物の窓が並んでいるからだった。

開くことのない窓には、それぞれ青いビロードの厚いカーテンがかかっている。

光瀬は、その一つを捲った。

金色のフリンジがシャラリと音でも立てそうに揺れ、その先へ消えた男に本名は驚く。

ビルの大きさから、およその間取りは計算していた。小部屋を作るほどの奥行きも残されていないはずだ。

「あの先はＶＩＰルームでもあるの？」

本名の問いに、隣の女が答える。

「えっと、ＶＩＰルームは上の階にあります。あそこはお店じゃないっていうか〜」

「お店じゃない？　スタッフルームってこと？」

「別のお店なんです。招待されたお客さんしか入れないみたいで、私もよく知らなくて〜ユミ、新人だから」

「ふーん、何ヵ月だって言ってたっけ？」

興味があるのは目の前の彼女より、カーテンの先だったが、本名はもう関心を失くした振りをして話題を変える。

少ししてから、『あっ』と声を上げた。

「ユミちゃん……お化粧、直してきたほうがいいんじゃないかな」

どこがと説明できるほど化粧に詳しくもないが、言えないほどの崩れ具合だと思い込んだ彼女は「えっ、ホントに⁉」と控え室へと消える。

ヘルプの女の子も呼ばないほど慌ててくれたのは幸いだ。

機を逃すまいと、本名は光瀬の後を追い、あるはずもない通路へと忍び入る。

長く続く照度の低い廊下。狭いが客人を迎える場所であるのは、店と同じ手の込んだ内装からも見て取れる。

突き当たりで折り返すように逆向きに深く下りた階段に、踏み込む本名の心拍数はさすがに上がった。

クラブがあるのは二階だ。とっくに一階に辿り着いているはずの距離を進んだにもかかわらず、階段は続く。

すでに地下には違いない。ようやく辿りついたフロアには、木枠の扉があった。

忽然と現れて感じられたのは、まるで開けばドアベルの鳴る、老舗の喫茶店のような扉だったからだ。

ガラス窓から漏れる、淡く幻想的な光。方向感覚どころか、現実感まで失いそうになる。

カラン。ドアベルが響く。

実際に柔らかく鳴った音に意表を突かれ、本名は身を隠すのも忘れた。

姿を現したのは喫茶店のマスターなどではなく、顔に傷のある厳(いか)つい男だ。

「おまえ、そこでなにをやってる?」

「あ……」

「チケットを見せろ」

ホステスの彼女の言うとおり、許可された人間だけが入れる場所らしいが、もちろんそんなものはない。

それに、開かれた扉から漂(ただよ)うこの匂い。

「チケットとやらはないが……」

本名が上着のポケットに手をやったとき、知った声が響いた。

「その人は私の客だよ」

男の背後で扉を押し開いた光瀬が告げる。

「……み、光瀬さん、そうなんですか?」

「悪いね、彼にドリンクチケットを渡し忘れた」

微笑む光瀬が差し出したのは、一見なんの変哲もない青いチケットだった。

「ここは喫煙席しかありませんけど、構いませんよね? 一杯お茶をご馳走(ちそう)しましょう」

手招かれ、本名は面食らいつつ足を踏み入れた。やはり見た目は品のいい喫茶店のようだ。英国のアンティーク調の家具で統一され、非日常感はあるがヤクザが入口をガードするような店ではない。

立ち込める独特の匂い以外は。

吸い込んだ先から体に纏わり、染み入るような甘く重たい香り。本名は吸い込み、確認する。

前を歩く光瀬は、スーツから取り出したスマートフォンを耳に当て、何事かを電話の向こうに伝えていた。

「ああ、面倒なことになった」

面倒とは明らかに自分のことだろう。

『店』の客は、ほかにも何人もいる。ソファはすべて、背もたれの高いボルドー色のチェスターフィールドソファだ。中は窺いづらいが比較的客層は若く、男の比率が高かった。

席に座ると、近づいてきたウエイターの男に光瀬は紅茶を二杯注文し、見透かしたように本名に言った。

「ここでそのポケットのものを出すのはオススメしません。保証はできませんよ」

上着ポケットに収まっているのは、警察手帳だ。

「なにがだ？　命の保証か？」

「勇ましいですね。来るときは令状取って、お仲間と来てください。あいつはそのつもりでしょうから」

　塚原もやはりなにか知っているのか。

「令状ならすぐに取れる。この匂い、大麻だな」

　一度嗅いだことのある人間ならすぐに判る、強烈な匂いだ。甘さもあるが、所詮草であるからいい匂いとは言いがたい。

　もっとも一般的なのは煙草のように乾燥させたマリファナだ。樹脂を固めたハッシュ、液状に成分を抽出したより強力なハッシュオイルと種類はいくつかあるが、元は同じ大麻草だ。

「ただの香ですよ。ここで提供しているのは、極普通のお茶やアルコール類です。カフェですからね」

「カフェ？　惚けるな、現に煙が……」

「どこかに違法なものがありますか？」

　テーブルには葉っぱはもちろん、乾燥大麻を吸うジョイント用の巻紙やパイプもない。あるのは中央に置かれた香炉のような白い陶器の置物だけだ。

　焼き物にしては珍しい菊紋の透かし彫りで、隙間から絶えず白い蒸気のような煙が上がり続けている。

　大麻の吸引は煙草のように燃やすのが一般的だが、有効な成分だけを気化させる方法もある。蓋は開かず、それどころか本体そのものがテーブルに固定されていた。

「お探しのものは入ってませんよ」

揺すって引き剝がそうとすると、光瀬の手が押し留めてきた。入口に突っ立つ先程の男もこちらを注視しており、警戒は解かれたわけではないらしい。

「一つ仮定の話をしましょうか」

「……仮定？」

「大麻の吸引が違法ではないのは、もちろんご存知ですよね？」

大麻取締法で禁じられているのは所持や販売、栽培などだ。その目的となるはずの吸引に関しては罰則がない。おかしな話だが、大麻草は古来から用途が広く、栽培農家も吸引の可能性があるためだった。

しかし、海外旅行先で吸っても所持が発覚しづらく咎められない程度の抜け穴だ。自ら所持していなくとも、大麻パーティなどであれば共同所持扱いで罪に問われる。

「では、もし海外で気化した蒸気が日本にフラフラ辿り着き、知らずに吸ったらどうでしょう？」

「は？　そんな起こり得ない状況……」

本名は目の前の香炉を見た。

海外からはありえなくとも——まさか、本当になにも入っていないのか？

上がり続ける蒸気。作りつけの香炉。開かないのは、開ける必要のないただのパイプの先にすぎないからだとしたら。

「……そんな手の込んだことしても無駄だ」

「リラックスできて、想像力の豊かになる夢の喫茶でお茶をしているだけですよ。誰も所持していません。どんな香を焚いているのかも知らない。客も、あなたも」

「屁理屈もいいところだな」

「屁理屈かどうか、お仲間と令状を取って来てみれば判ります。パイプの元を辿る頃には、どこかのボイラー室であなた方の欲しいものは消滅です」

ボンと花火でも炸裂させるかのように、光瀬は掲げた手を開いて見せた。

「そもそも、今自分のいる場所がどこかさえ、よく判っていないんじゃないですか?」

「……クラブの地下だろう?」

「ここは、表でもあり裏でもある。裏の通りのビルとは、外観はまるで別に見えますが実は一つなんですよ。二階は『キャッスル』、一階は裏のビルの喫茶店。ここは両方の店と繋がっている。非常口は複数あったほうが、なにかと安心ですからね」

ガサ入れを警戒してだろう。

法を犯すものの非常事態は、警察が踏み込んでくることだ。

裏をかこうと悪知恵を駆使してできたのが、この城。万全の対策を施した堅牢な城で、客は安心してマリファナを楽しめるということか。

しかし、何故自分に種明かしをするのか。

会話の合間に光瀬が視線を向けた場所を、本名は見逃さなかった。

金色のフリンジに縁取られた、臙脂の厚いビロードのカーテン。色は違えど、クラブにあった出入口とまったく同じだ。その先は、裏のビルの喫茶店とやらに繋がっているに違いない。

「なにがカフェだ、ただのマリファナを吸うたまり場じゃないか」

「仮定の話ですけどね。それに、マリファナは合法の国も少なくありませんよ」

「海外の扱いは関係ない。法ってのは、そういうものだ。薬物乱用の入口になりかねない以上、取り締まる必要もある」

ゲートウェイドラッグ。依存性は煙草よりも低いとされる大麻が警戒されているのも、そのためだ。

実際、この程度の蒸気では効果は低いにもかかわらず、大がかりな仕掛けで客を呼んでいるのは、客の好奇心や欲望を満たすためだけではないだろう。

人は欲が深い。一つ満たされれば、次の刺激を欲しがる。

「入口になるのは、薬物だけじゃありませんけどね。入口というより出口か……この国は出口がなさすぎる。一度バッドエンドの道に迷い込んだ者は、努力だけでリスタートを切るのは困難だ。行き場を失い、気がついたらまた入口を潜って元の部屋です」

光瀬の口ぶりは、誰か特定の人間を指しているようにも思えた。男の口元からいつもの薄ら笑いは失せ、なにもないテーブルの端の辺りを見ている。

『本名さんの理屈だと、ヤクザは死ぬまでヤクザだ』

何故だか、塚原の言葉を思い出した。

「まぁ、マリファナが合法になるのは歓迎しません。合法になってしまえば、我々の仕事がなくなる」

「我々？」

「どちら側にいようと同じことです。取り締まる側だって、取り締まるものがなくなれば仕事を失ってしまう。ああ、あなたは観光客に道案内をしたり、道路脇に潜んで一時停止を忘れた車から罰金を集める仕事もあるかもしれませんけど」

本名は交番勤務時代も職務に手を抜いたことはない。やりがいの違いは否めなくとも、警察官の仕事に優劣はなく、すべてが機能してこそ治安は守られる。

「それで？　おまえはここでなにをやってる？　役目はなんだ」

「表向きは、デザイナーですね」

「デザイナー？」

その言葉には覚えがあった。向精神薬で危険ドラッグと呼ばれるものは、デザイナードラッグとも言われている。違法薬物の分子構造を意図的に設計で変化させ、脱法したものだ。

「表向きってのはなんだ？　会社ぐるみで密売に関わっているのか？　まさか……」

だ。

光瀬はするりと視線を外した。返事を濁したというよりも、入口に気を取られたからのようだ。

扉前で睨みを効かせる男は、深々と頭を下げて誰かを迎えている。風体からして、おそらく今心会の幹部だ。

よく確認しようと凝視した瞬間、視界を遮るように光瀬が立ち上がった。

隠したい人物なのか。先ほど電話で連絡をしていた相手かもしれない。

「すみません、ちょっと失礼します。あなたはどうぞゆっくりなさっていてください。紅茶も冷めないうちに」

足早に離れる男のスーツの背を見送る。珍しく狼狽えているようにも見えた。紅茶は話の途中に運ばれてきていたが、こんな状況で出された怪しげなものを飲むはずがない。

それに、これはチャンスだ。

ひとまず逃げ出すことにした。立ち上がると、くらりとした酩酊感に襲われ、周囲が急に輝いたように見えた。大麻の効果か、臙脂のカーテンに意識を集中させ、喫茶店側に繋がっているらしい通路に飛び込む。

ふと不安になった。

本当に逃げ道なのか。なにかの罠ではないのか。密輸取引の現場では防犯カメラにも腕時計しか映り込まないほど警戒心の強い男が、逃げ口を察せられるようなヘマをするだろうか。

賭けてみるしかない。迷いを打ち捨てるように本名は進み、突き当たりで階段の上り口を見つけた。

しかし、数段上ったところで足を止めた。

すでに地下にもかかわらず、階段はさらに下へも続いている。

――この先にもなにかあるのか。

仮定の話に出ていたボイラー室かもしれないし、ほかのなにかかもしれない。

「……ヤバイだろ」

怖い。そう感じる本能は正しい。

ここは退くべきだと警告する理性も。

けれど、再び来られるとは限らず、光瀬があれこれと語り尽くしたのも、証拠をすべて隠滅（いんめつ）する気でいるからかもしれない。

手の届きかけた真実を逃すことへの恐れが、本名の足を引き戻した。

下の階を少し覗くだけなら――

「そっちへ行くな！」

声に振り返る間もなく、腕を掴まれた。

「……光瀬っ！」

「邪魔な人だな、本当にっ！」

追ってきた男は険しい形相だった。本名は腕を摑む手を振り払おうと、身を翻した。狭い階段でもつれるように二人は揉み合い、手摺や壁に体を打ちつける。

細身の外見に反し、光瀬も鍛えているようだ。しかし、組対でも武術はトップクラスの本名のほうが上手だった。

「光瀬、大人しくしろっ！」

後ろ手を取り、男の身を壁に強く押しつける。

その瞬間、本名の体はふわりと浮くように後方へ引っ張られた。

声を上げる間もなく振り向きざまに腹を殴られ、くの字に身を折りながら階段を数段滑り落ちる。受け身を取る余裕もなかった。殴りかかってくる男の姿は確認さえままならず、重く体に沈む拳に、ただならぬ殺気とパワーの差を感じる。

「武村っ‼」

光瀬の声が鋭く響いた。

「やめるんだっ、武村っ‼　彼に手を出すな、面倒なことになるぞっ‼」

咄嗟に叫んだとしか思えない。

『面倒』という言葉に、電話の相手はこの武村だったのだと閃く。

続けざまに殴ろうと、馬乗りになった男は肩で息をしている。胸ぐらを摑む手から伝わる激情。本名も怯むほどの気迫だったが、主人の命令に忠実な男は、食らいついた獲物を牙から放す犬のように手の力を抜いた。

「……成人さん」

初めて声を聞いた。

ほとんど会話もなくいつも光瀬の近くにいる男は、体躯どおりの低い声ながら、どこか不安げにその名を口にする。

「大丈夫だ。俺は、大丈夫だから」

無事を告げる言葉に、武村は安堵したように身を起こした。『運転手ではない』と、いつだったか光瀬が言ったのを思い出した。

もっと強い繋がり。二人の間でしか成立しないなにか。

「こっちに連れて来い」と光瀬が命じ、引き起こされた本名は、背後から武村に拘束され階段の上まで連れ出される。

光瀬は忌々しげに言った。

「あなたが想像以上で驚いてます。正義感が強いのも結構だが、もうちょっと利口に立ち回ってくださいよ」

迷惑を被ったと言わんばかり。まるで『面倒』は逃げ出してくれたほうがよかったとでもいう口ぶりだ。

責める男の声は、『カフェ』からやって来た人物の声に遮られた。

「光瀬、どうした？」

「……大添さん」

先程店に入ってきた男だ。推定五十代前半。一見してその筋と判るピンストライプのスーツ姿で、色つきの眼鏡をかけている。

今心会の幹部で、次期若頭候補とも言われている男だ。

「なにか揉めてんのか？　そいつ、本当に大丈夫なんだろうなぁ？」

「ええ、僕の連れですから……」

光瀬は返すも、色眼鏡の向こうの濁った目はこちらへじろりと向けられた。爬虫類のほうがまだ温かく思えるような、ぞっとする冷たい目が本名を捉える。

「光瀬、おめぇは連れを羽交い絞めにすんのか？」

空気が凍る。一瞬、息を飲んだかに思えた光瀬はクックッと声を立て、肩を揺らして笑い始めた。

「大添さん、案外心配性なんですね。まぁ、黙っていてもしょうがないですか……実は彼は今夜の実験用のマウスです」

マウス。大添に負けずとも劣らない、冷ややかな調子で口にする。

「それならこっちで女を用意してる」

「客の大半は男なんですから、最初から男で試すのもいいでしょう。薬剤の反応は性別によって異なることもありますし。知人が新薬に興味持ってましてね」

「おまえ…っ……」

本名は声を上げるも、即座に反応した武村が口元を手で塞(ふさ)いでくる。

「ああ、大添さん、危ないですから彼から下がってください。ほかの薬は抜いて来てもらったんですけど、どうも禁断症状が出ているようで」

錯乱(さくらん)した薬物中毒者扱いに、大添の尖(とが)った革靴の足が数歩下がった。

「そんなにコレが欲しいんですか？　まぁ、そろそろお客も揃う頃ですしね……ああ、客というのは新薬に値をつける方々です」

言いながら光瀬はスーツの内ポケットを探った。銀色のピルケースから、見たこともない鮮(あざ)やかなシアンブルーのカプセルを取り出す。

「エクスタシーなんかよりキメられる薬ですよ。もちろん現状の脱法ドラッグなんて目じゃありません。ちなみにこの薬も違法ではありませんから、ご安心を」

眼前に差し出されたカプセルに、口を塞ぐ手が緩(ゆる)んだ。本名はぶるりと大きく頭を左右に振り、声を絞り出す。

「まだっ、違法じゃないって、だけだろ……がっ……」

「それが法というものですよ。グレーは白です、純白のね」

口調ばかりは柔らかな声を、光瀬は本名の耳元に唇を寄せて吹き込む。

「人間相手は治験と言いたいところですが、厚生労働省の承認を得る予定もない薬です。実験段階で思わぬ副作用の出てしまったものだったりね……中枢神経を刺激する高い興奮作用、幻覚作用……催淫効果など、まぁエトセトラ。野菜も選別された形のいいものより、歪なものを好む人がいるでしょう？　再利用ですよ」

合成麻薬の多くは、新薬の開発途中で生まれてきた。

会社ぐるみか、個人の横流しか。光瀬は中途入社して、まだ一年半の身のはずだ。

「おい、なにしてる？」

身を引きながらも様子を窺う大添が、訝り声をかけてきた。

「実験前に顔色ぐらい見ておかないと、泡噴いて倒れられても面倒ですから」

光瀬はしれっと答える。

「武村」

名を呼ばれただけであうんの呼吸で理解する男は、本名の顎を捕え、抉じ開けるように無理矢理に開かせた。

唇も、歯列も。

ぽっかりと無防備に開いた口腔に、光瀬は禍々しい色のカプセルを放った。

舌上にへばりつこうとするカプセルを、無遠慮に指で喉奥へ押し込んでくる。

白くひやりとした、二本の指。

「う……はっ……」

「すぐによくなりますよ。愛しい人のことでも考えていてください。そうだ、あいつをここへ呼びましょうか？」

塚原のことか。関係を知られている可能性は考えなくもなかった。

「最近、ご無沙汰のようだし、ちょうどいい。実験には相手が必要ですからね。どこの馬の骨かも判らないようなオヤジとキメセクするよりはいいでしょう？」

「……っ、ぁ……はっ……」

「これでもね、罪悪感覚えてたんですよ。二人の仲を裂く気はなかったって言ったら、信じてもらえますか？」

もがく本名を宥めるように、指は悪戯に口内をなぞった。急所の舌も、ざらつく上顎も。唾液に濡れそぼった舌の根を弄くられ、ぶるりと体が戦慄く。

「ああ……もしかして、男の経験はあいつだけですか。意外と可愛いところあるんですね。経験が乏しいのは真面目だから？　潔癖だからかな」

「……は…ぁ…ぅっ……」

「僕の指を噛んだら、武村は顎を砕くだけでなく、あなたの首の骨をへし折りますよ」

本気に違いない。光瀬がどういうつもりでも、武村は自分を迷いなく殺すだろう。それくらいにこの男に心酔している。

本名はフーフーと苦しげに息をついた。震えは全身に広がる。舌でなんとか戻そうとするも、甲斐なくゴクリと嚥下させられ、唯一自由を奪われずにいる二つの眼で光瀬を睨み据える。

「すぐに効いてきますよ」

微笑む男の顔が、次第に滲んで見えた。

「興味あるな、あなたがどんな風に乱れるのか。その目が蕩けるところが見てみたい」


ふっとなにか躓くような感じがした。

体ではなく、意識が。

肉体ではなく、精神が。

ポンと弾んでスキップし、次の場所に着地している。

目の前にいたはずの光瀬の姿がなく、本名は揺れる光の中にいた。吸引した大麻の影響で眩しく映っていた視界は、逆にぼんやりと霞み、ゆらゆらと揺らいでいるかのようだ。

体までもが、ぐにゃりと歪みそうだった。目蓋は異常に重たく、抉じ開けようとすればするほど、朦朧としてくる。溺れる者がもがけばもがくほど、水底へ沈んでいくように。

動けない。指一本上げられないほど体は硬直し、あるいは弛緩していた。

ふっとまた意識が飛び、声が聞こえた。

知った声だ。

『しょうがない人だな』

開けていたはずの目を、再び開ける。

光だけが躍っていたはずの視界に、今度は突然に彼の姿があった。

「……塚原」

『映視さん』

「塚原、おまえ……なんでここに……」

光瀬が呼んだのか。本当に。

自分の名前を出せば、どんな場所でも塚原は来るだろう。きっと見捨てられない。言わば弱点でもある。

「……わ」

本名は間抜けな声を上げた。

覆い被さってきた塚原の手がシャツの胸元に手をかけたかと思うと、脆い紙でも裂くように左右に開く。

乱暴な行為に、ボタンが弾け飛んだ。一つではない。すべて。

ビーズ細工の糸でも切れたみたいに、揃ってバラバラと外れ落ち、プラスチックの白いボタンは、硬い床を音を立てて跳ねて転がった。

まるでスローモーションだ。放物線を幾重にも描くのが見える。

床は白く発光していた。首を捻って確認したはずなのに、気づけばその床を見下ろし、光の中に顔を俯せていた。

切れ切れに飛ぶ意識。薬の影響なのか。

ボタンの飛んだシャツはすでになく、本名は裸だった。不思議と眩しくはない身を包む光の上で、本名は四つん這いの姿勢を取らされており、尻に違和感を覚えた。

たっぷりと濡れていた。

「……や」

ぐしゅりと音を立て、滑るアナルになにか硬いものが沈み込む。

異物感は拭えなくともよく知る感触は、塚原の長い指だ。

「やめ……っ……」

『イヤじゃないでしょう？　誰のせいでこんなことになったと思ってるんですか』

「……ふ…ぁ……」

『ほら、もっと尻を上げて。ギャラリーを満足させてください。そしたら、帰れるんですから』

らしくもない口調で命じる。

誰か見ているのか。そう言えば実験の客がどうとか光瀬が言っていた。意識して目を凝らせば、光の中にゆらゆらと揺らぐ人影が並んでいるように見えた。

こっちを見ている。

恥ずかしく指で中を掻き回される本名は、必死で身を捩った。逃れようと、這いずる動きで硬い床を進み、指は抜け落ちた代わりにピシャリとした衝撃が尻を襲う。

平手で臀部を叩かれ、「ひっ」と短く声を上げた。

『言うことを聞かないからです』

「なに……言ってっ……」

『ちょうどいい。映視さんには罰が必要だ。俺をこんなところにまで引っ張り出して。今まで無視していたくせに』

「無視……して、なんか…っ……」

『したじゃないですか。俺の誘いを無下にしたでしょ』

「あっ、あれは…っ……ひ…ぁっ」

パンッとまた続けざまに小気味いい音は上がった。言い訳を待たずに、何度も。

「……ひ…っ、あ…っ……つ、塚原…っ……」

打たれたところが、ジンと熱を持つ。淡い色を重ねて刷くように、鈍い痛みと熱さが何度も襲ってくる。

乾いた音と共に、繰り返し。

「あ…ぅ……」

本名は額を床に擦りつけた。

「嫌だ……塚原、こんなのは…っ……」

指を立てようと縋るものはなく、揺れる影がそこかしこから覗き込んでくる。

本当に嫌だった。嫌だと思うのに、そこが変になるのを感じた。

どろりと濡れてくる。前も、後ろも。

「……はぁっ、は…っ……」

見れば、勃起した性器から滴る先走りが床まで透明な糸を引いている。

『とろとろじゃないですか。そんなんじゃ、バレちゃいますよ……映視さんは、男に嬲られるのが好きなんだって』

「ちがっ……これはっ、クスリ…のっ……せいでっ」

『早く終わってほしいなら、言うとおりにしてください。さぁ、俺はどうして欲しいんでしたか？』

「ふ…っ、あ……」

発熱しているかのように、そこが熱い。

本名は掠れた声を漏らし、おずおずと腰を掲げた。尻を高く上げ、濡れそぼった狭間を露わにする。

また意識が飛んだ。

「あっ、あっ……」

軽く前後に腰が揺れ、本名は塚原と繋がっていた。上体を俯(うつぶ)せ、供物(くもつ)のように捧(ささ)げた体に熱い杭(くい)を打ち込まれる。

やがて赤く染まった臀部が震え、白い体液が噴き零れる。真っ白な床へと。

床の中に、あるはずのない影が見えた。くらくらと回る意識を寄せ集めるように集中させると、影は瞬(またた)く間に人の輪郭(りんかく)を成し始める。

本名は俯せているはずが、またいつの間にか仰向(あおむ)けになっていた。

「……残念ですが」

いなくなったはずの男の声が聞こえた。

光瀬の声だ。

「……かったようですね。……は、実験段階から……になってたんですが……」

意味を成さない、散らばる破片のような声。

僅(わず)かな言葉だけが聞き取れ、耳に残った。

「廃棄(はいき)しますか」

目を開けると視界は白く、けれど硬い床ではなかった。

身を受け止める適度な弾力と、体温の馴染(なじ)む温かさ。発光などしていない布はホワイトリネンのシーツで、本名はベッドに横たわっていた。

「映視さん？　目が覚めたんですね！　大丈夫ですか⁉」

壁際の机に向かっていた男がこちらに気づき、声をかけられた本名はびくりとなる。

「一頼……」

目を覚ましたのは、塚原の部屋だった。

「おまえの……どうして？」

薬の影響で妙な幻覚でも見ているのかと思ったが、なにもかもがあまりにもリアルで現実的だ。

見慣れた家具に、見慣れているはずの男。随分と長い間会っていなかったような気もするけれど、ワイシャツ姿に下がったネクタイも昨日目にしたネイビーカラーなら、声をかけてくるのも普段どおりの塚原だ。

「帰ったら、部屋の前に映視さんがいたんです。びっくりしましたよ」

「え……」

「玄関のドアに凭れて眠り込んでて……どうしたんですか？」

片手をついて身を起こす。怠い体は起き上がるのも一苦労だった。

喉の渇きや倦怠感は、アルコールを摂取したあとの感覚によく似ているけれど、飲んだのは酒ではない。

「おまえは？　今帰ったところなのか？」

「今って言うか、三十分ほど前ですけど」

シェルフの置時計を見れば、深夜十二時前。一般的にはけして早い帰宅ではないものの、泊まり込みも厭わない男からすれば珍しい。

本名は胸元に手をやった。シャツのボタンは、一つも欠けることなく留まっている。簡単に弾け飛ぶようなボタンでもなく、つけ直した痕跡ももちろんない。

——あれは幻覚だったのか？

どこからどこまで？

光瀬に薬を飲まされてすぐに朦朧となり、おそらくそのまま意識を失った。

MDMAと同系統の薬物なら逆で、中枢神経を刺激するはずだ。覚せい剤にも似た効果で、気分が高揚し多幸感を覚える。

薬が失敗で体質に合わなかったのか？

どうやって自分は塚原の部屋に辿り着いたのか、判らないことだらけだ。

あの場から逃げ出して辿り着いたのだろうか。それとも、幻覚で聞いた声。自分は用なしと判断され、どこぞへ捨てられて意識を混濁させながらも、どうにかここまで来たのかもしれない。

自分の部屋ではなく、塚原の部屋へ。

「映視さん？」

ベッドが微かに揺れる。

シーツに片手をついた塚原が、呆然となる本名を覗き込んできた。

「非番で飲みすぎた……とかじゃないですよね？　なにかあったんですか？」

「光瀬の行きつけの店で……あいつの尻尾を摑んだ」

「……え？」

瞠目する男に、本名は今夜の経緯を話した。

クラブに行ったところからだ。巧妙な方法で大麻を提供する『カフェ』の存在。光瀬と今心会の新薬の横流しの絡んだ繫がり。

それから、実験だと称してその薬剤を飲まされたこと。

淡々とした本名の説明を塚原は真剣な面持ちで聞いていたが、戸惑いは話すほどに伝わってくる。

やがて零された反応は、期待したものとは違った。

「いや、そんなまさかあの人が……」

「俺より、あいつを信じるのか？　俺があいつを陥れるために、嘘をつくとでも？」

「そんなことはないです。絶対に」

塚原は即答するも、視線は逸れる。

受け入れがたいなにかがあるのだろう。中学時代に生まれた絆や関係は、それほどに強固で断ち切れないものなのか。

ベッドの端へ視線を落とし、塚原はじっとなにかを考えあぐねるように見据えたのち、出した答えを吐露した。

「……くそっ、なんで映視さんにそんなものっ！」

本名はありのままを話したつもりだった。

犯罪を憎んでいるが、被疑者に恨みはない。いけすかない男である光瀬に対しても、それは変わらない。

「どんな薬ですか？　飲まされたものって」

「見たことのないカプセルだった。鮮やかな水色で……これから値のつくようなことを言ってた。まだ出回ってないものだろうけど、効果は既存の薬より高いと……」

光瀬の語っていた効能を本名は思い出した。

「映視さん？」

「あ……」

「大丈夫なんですか？　気分は？」

気分は悪くない。いや、まったく悪くないといえば嘘になる。温く残った酩酊感。体温や心拍数も上昇しているのを感じた。

体内の感覚を読み取ろうとする本名が、背を丸め気味に顔を俯けると、大きな手が傍らから伸びて摩ってくる。

余計に背中まで熱くなる。

「少し横になって……そうだ、水っ、水飲みますか？」

「ああ、もらう」

本名はコクリと頷いた。

キッチンに消えた男は、ミネラルウォーターのペットボトルを手に戻ってきた。ベッドの傍らでキャップを開ける音が、やけに大きく響く。

狼狽える男とは対照的に、部屋は静かだった。どのくらい眠っていたのか。仰いだ白い天井は、目が回ってでもいるように今も揺らいで映る。

——クソ、まだ効いてんのか？

ペットボトルを受け取ろうとすると、手が滑りそうになり、「俺が」と塚原がそのまま支えた。

やけに甲斐甲斐しい。いや、元から面倒見はいい男だ。

「……おまえ、怒ってないのか？」

「映視さんに？　なんでです。そりゃあ勝手に一人で店に乗り込むなんて、有り得ないとは思ってますけど……」

『勝手なことして』

幻覚の中で聞いた、あの言葉。冷やりとした声で叱咤されながらも、ひどく興奮していた自分を思い出す。

淫夢というのかもしれないが、本名は今まで見たことはなかった。

「映視さん、どうぞ」

「あ、ああ……」

差し出されたボトルへ起こした顔を近づける。飲み口から溢れる水が唇に触れ、半開きにした口の中へと流れ込んで喉を潤す。

ひどく喉は渇いていた。もっと飲もうと、ボトルの口へ強く唇を当てた拍子にコプリと水が揺れ、顎から喉へと盛大に零れる。

「あ、タオルを……」

立ち上がろうとした男の、枕元についた手を取った。

「いい、これで」

目についたものを引き寄せ、塚原の白いワイシャツの袖で濡れた首元を拭う。

微かに煙草の匂いがした。

どこかで吸ったのか。最近は控えているはずの、塚原の好む銘柄の甘い香り。肌に触れた手の甲は、いつもは温かいのに、ひんやりと冷たく感じられる。

自分の体温が上がりすぎている証拠か。

本名はかけられた綿毛布を捲ろうと、もぞりと体を動かす。

「暑い？　エアコン、入れましょうか？」

「……いい」

「水は？　もっと水飲みますか？」

再びボトルを差し出された。

今度は頭の後ろまで手で支えてくれたが、やっぱり少し口元からは溢れる。

「もっと……零れないように飲ませてくれ」

「え？」

「おまえが……」

言いかけ、本名は頭を振った。ハアと息が熱く零れる。

——なにを求めているのか。

「いい、悪い。なんでも……」

目を逸らし、どうにか欲望を散らそうとすると、ペットボトルの中で大きく水の揺れる音が響いた。自ら呷って口に含んだ男は、覆い被さるようにして本名の唇を塞ぐ。

「ん…っ……」

口移しで水を飲まされ、喉をゴクッと鳴らした。

体温も黒い眸（ひとみ）も、すぐそこにある。

「……これでいいですか？」

「ん……」

本名は微かに頷いて口を開け、『もっと』と巣でエサを求める雛鳥（ひなどり）のように水を欲しがった。

何度か塚原は水を運び、探ってもうなにも出てこない口腔（こうこう）へと、本名は舌を伸ばす。

「はっ……はぁ……」

浅い息づかいに、早まる鼓動（こどう）。両腕を無意識に首に回しかけて貪（むさぼ）りつく。ぴちゃぴちゃと音が鳴るのも構わず、唾液（だえき）を交換し合うようなキスをした。

唇から零れる息が熱い。少し身じろいだだけでも、シャツが肌に擦（こす）れて熱を生む。

「……ん…ふっ」

鼻にかかった声が入り混じり、腰が自然と揺らいだ。衣服が窮屈（きゅうくつ）に感じられる中心に、求めているものを嫌というほど自覚する。

呼吸の荒い本名に、見下ろす男の表情は心配げだ。

「……映視さん、本当に大丈夫ですか？」

本名は片腕で顔を覆った。

「く、クスリのせいだ……興奮作用が……催淫（さいいん）効果もあるって、言ってたからな」

「催淫……」

説明の間にも吐息が零れる。滑稽だ。違法薬物を取り締まる刑事が、怪しげな危険ドラッグにやられてトリップするなんて。

「悪いが……ちょっと付き合ってくれるか？」

呆れられても仕方ない。塚原は笑って、それから『らしくない』とか、『映視さんから求められるなんて、長生きするもんですね』とか……からかいつつも、欲しがるものを与えるのだろうと思った。

けれど、返ってきたのは、予想に反して困惑の眼差しだ。

「付き合うって……少し眠ったほうがいいです。しばらくすれば、効果は消えます」

こんな状況で紳士ぶられても困る。

真面目なのか、潔癖なのか。それとも、ここしばらくつれなくしていた仕返しか。

「一頼」

呼ぶことも減っていた名は、部屋の空気を震わすように響いた。シャツの袖の濡れた塚原の右手を再び手繰り寄せ、甲に唇を押し当てる。

長い指にももどかしくキスをした。

「ちょっ…と、映視さん…っ……」

狼狽する声を無視して、欲してやまない場所へ導く。やっぱりまだ自分は正気ではないのかもしれない。

「……あっ……」

そこへ宛がっただけで疼きは増した。慣れ親しんだ男の手に、ジンと切なく快感は広がる。淫らな幻覚の残した火種は、どうやら体のそこら中に埋まっているようで、些細な刺激にも簡単に火は点った。

「……はぁ……はっ……」

与えられない愛撫に焦れ、腰を動かす。尻を弾ませ、下から突き上げるように布越しの性器を擦りつけると、塚原が息を飲む一方で、本名の息は甘く蕩ける。

「映視さん……イキたいんですか?」

ゆるゆると膨らみを撫でて摩られ、強く頷いた。

「……っ……んっ……」

欲しい気持ちがなにより勝る。

自ら覚束ない手でベルトを外した。スラックスのファスナーは下ろしてもらい、下着ごとずり下げて脱がされると、昂ったものは震えながら頭を擡げる。

「……もう、ぬるぬる。ずっとこんなにしてたんですか?」

「……ひ…ぁっ」

上向いた先をクイと指で突かれ、それだけで上擦る声が出た。

キスで完全にその気になってしまっていたものは、恋人の手の感触に歓喜し、少し扱かれただけで先端はとろとろになる。

キスも久しぶりなら、セックスはもうひと月近くご無沙汰だ。

「……ぁ……ふっ、あ……は…ぁっ……」

吐く息が熱い。熱くて、クラクラする。

本名は両膝を立て、与えられる快感を追ってゆるゆると腰を振った。包む男の手の中へと性器を押し込む度、くちくちと淫猥な音が鳴る。

今にも射精しそうに先走りが溢れる。

「これなら、すぐにイケそうですね」

落とした目蓋の向こうで、塚原の声は患者に処置を施す医者のように響いた。

実際、ほどなくして本名が達すると、するりと手は離れ、後始末を始めようとする。

ベッドの端に腰をかけたままの男の腕を、本名は掴んだ。

「ま、まだ……」

「……もっと？　もう一回しますか？」

「一頼、そうじゃなくて、おまえも」

言葉に引っ張られたかのように、重たく塚原の身が覆い被さってくる。

「……おまえも、なに？」

耳朶に嚙みつくように歯を立てて吹き込まれた声に、ぞくんとなった。体が芯から震え、重なった腰を意識する。

　素っ気ないくせして、塚原のものも兆していた。ぐりっと押しつけられ、喉から「あっ」と声が漏れる。思わずまた腰を揺らしそうになったところ、唐突に身を引かれた。

「いや……やっぱ、俺は……今日はいいです」

「え……」

「映視さん、普通じゃないから……便乗するみたいなのは嫌って言うか。据え膳食わないのは、男のくせにあれなんだけど」

　いつも軽いことを言うくせして、これが塚原の本質か。

「俺がっ……そうしたいって、言ったらっ？　それでもイヤ、なのか？」

「したいって……」

　怠く重たい身を起こし、本名はベッドへ上がるようぐいと塚原の腕を引いて促す。

　自分にこんな衝動が隠されていたなんて知らなかった。

　ドラッグは別の人格を生み出したりはしない。コントラストを強めるだけだ。天使も悪魔も、天才も愚か者も、すべては自分の内にあるものにすぎない。

　会いたいと思っていた男が、今手の届くところにいる。

　——欲しい。

「え、映視さん……」

戸惑う男を枕元に座らせ、迫る本名は膝立ちになった。その気にさせようと何度も角度を変えて唇を吸いながら、首に下がったままの塚原のネクタイを引き毟るように解く。

シャツのボタンを外していく本名の指の動きを、塚原はじっと見ていた。

本名は恋人の素肌に唇を押しつける。見せかけに作り込んだ体ではなく、訓練で美しく筋肉の張った体。胸元も、締まった腹も。

それから——

スーツのスラックスに手をかけ、前を寛げる。

「映視さん……自分らしくないの、判ってます?」

「俺らしいってなんだよ」

そう言えば、塚原はホテルでこんな夢の話をしていた。あのとき自分は馬鹿げていると相手にもしなかったけれど。

夢の続きはどんなだったのか。

「……じっとしてろよ。俺がするから」

本名は膝をつき、男の足の間に蹲った。低く背を丸め、黒のボクサーショーツの膨らみに唇を押し当てる。

正直、フェラはあまり得意じゃない。嫌っているとさえ思われているかもしれないけれど、普段積極的でないのは、塚原のようには上手くないと自覚しているからだ。

探り出した性器に、唇で触れる。ヒクンと反応したものに、素直に愛しさを覚えた。

同じ男の生殖器であることに抵抗はない。両手で支え、拙さの残る動きながらチロチロと亀頭に舌を這わせる。滑らかな丸みをなぞり、括れから裏の筋へと。

先端の張り出しはキツい。塚原のそれは逞しいだけあり、先っぽだけでも咥えるのは一苦労だ。

本名はいっぱいに口を開けた。傅くような姿勢で男の股間に顔を埋め、頬張った先端を抜き出してはまた咥え込む。

くぽくぽと淫猥な音が鳴った。構わず舐め回し、括れを唇に引っかけるように頭を上下させて扱くうち、性器は力強く張り詰める。

「んっ、う……」

前髪に触れる指を感じた。引き剝がされるのかと思いきや、撫でつけるように髪を梳き、本名の顔を仰向かせた男は熱い視線を浴びせる。

「……映視さんに……しゃぶって煽られる日がくるとはね」

涼しい声を装いながらも、その息づかいは時折詰まって乱れた。

後頭部を軽く押して促され、本名は噎せるほど大きなものを、ズッと喉奥まで飲み込んだ。

張り詰めた硬い肉の感触。火種はここにも燻っていたのか、口腔で感じる塚原の欲望に、自分までひどく昂ってくるのを感じた。

「……んっ……んぅ…っ」

「……気持ちいいですよ、映視さん……クソ、いいっ……」

「んん…っ……ふ…うっ……」

喉奥を突かれ、本名の目には生理的に涙が浮かんだ。息が苦しい。意識を遠退かせつつも、被虐的な喜びに腰がもじりと動く。

再び頭を擡げた自身はヒクヒクと跳ね、先走りがツッとシーツに溢れ落ちた。

本名は堪えきれずに、シャツの裾をたくし上げた。

「……ふ…っ……んっ……」

露わにした性器に自ら触れると、ぶるっと身に震えが走る。

どんな行為も、今は自然に思えた。塚原に愛撫を施しながら、自身を手で慰める行為さえも。

そうだ、人は欲深い。一つ満たされればまた次の刺激が欲しくなる。

前後に揺らぐ腰は、まだ触れてもいない奥まで切なく求める。

「映視さん、そっちは……濡らしてからでないと」

後ろへ伸ばした手を見咎められ、ただでさえ熱い体が羞恥にまた一段と火照った。

「……ちょっと、待ってて」

「一頼……」

ベッドのヘッドボードの引き出しから、塚原は潤滑剤のチューブを取り出した。

本名の指に塗りつける。ゼリー状のそれをぬるぬると絡ませ、抜き差しするように手を動かされると、ただの指だというのにひどく淫らな行為のように思えてくる。

「……あ…っ……」

「こうやって、指の根元までたっぷりつけて。爪も、傷つけないように……いいよ、もう」

言葉を合図に、再び後ろへ手を回した。ぬるつく指で窄まる入口を撫で回し、つぷりと押し込む。

自分で挿れたのは初めてだ。

「ふ…ぅっ……あぁ…っ……」

ぬぷっと深く沈めては、絡みついてくる内壁に逆らうように引き出す。

擦れるところから疼きが広がり、切なさのあまり腰が揺れ始めた。

「……あっ、あ…っ……はぁ……ん…ふっ……」

塚原のものへ、また顔を寄せる。首を傾げて根元にキスをし、雄々しく張った幹を何度も啄んで、再び愛おしげに飲み込む。

口をいっぱいにして頭を上下させるうち、塚原の息づかいもピッチを上げた。

「もう……いいから、映視さん……口、抜いて」

両手で頭を引き起こされた。

ずるっと抜かれて顎がガクガクとなる。

「……全部、指もだよ」

「んん……あっ……」

まだ塚原は達していない。指を抜き取った本名のそこも、埋めるものをなくして喘いでいる。

「……映視さん、来て」

うっすらと汗ばんだ体から、一枚残ったシャツを脱がされた。塚原も羽織るだけになっていたシャツやスラックスを脱ぎ捨て、互いに裸になって身を寄せ合う。

唇が重なる。もっと貪るような口づけを想像したのに、キスはやんわりと触れては離れる。口淫に湿った唇を軽く吸ってはまた解き、続きを欲しがって覗かせた本名の舌を、ちろちろとあやすように塚原は舌先で宥めた。

「かずっ…より……」

伸ばされた右手が、頬に触れる。のぼせて赤く染まった眦や、耳のほうまで撫でて掠める指先。まるで、愛しくて堪らないというように。

それから、至近距離で見つめる男はポツリと零した。

「……嬉しくはないな」

「え……」

「積極的な、映視さん。夢が叶ってるってのに……こんな形じゃ、素直に喜べない」

「一頼……」

自分はまともだと言ったところで、信じないだろう。

「覚えててください。俺はあんたが思ってるよりずっと、あんたのことが大事なんだ」

無茶な選択でも突きつけられたかのように、苦しげな黒い眸と、口ぶりにそぐわない甘い睦言。

塚原の中の葛藤が伝わってくる。

「一頼…っ、俺は……」

「まぁ、欲しがってくれるなら、なんでも叶えますけどね」

腰を跨ぐよう導かれ、本名は寝そべる塚原の上に乗った。そそり立つ切っ先を宛がえば、柔らかく解けたアナルは途端にもの欲しげに入口をヒクつかせる。

「……ぁ…っ、あ……」

体が塚原に合わせて開く。

「力抜いて腰落として、そう……いつもより柔らかいな、映視さんの中」

「あっ、まっ、まだ……か、一頼…っ……」

「大丈夫、上手にほぐれてるから」

「けど、待っ…て……あぁっ……」

先端を飲んでしまえば、後は自身の重みで沈んでいった。

太くて熱いものに貫かれる。根元まで残さず咥えるよう最後は両手で引き下ろされ、へたり込むように腰を落とした本名は、衝撃に嗚咽にも似た声を上げた。

「ふっ、う……あ……」

ぷくりと尖った乳首にも指を這わされ、嫌だと頭を振る。

「……二つとも膨れてる。触ってないのにね」

ゆるゆると二つの粒を擦り立て、腰を弾まされる。上下に体が揺れる度、敏感になったところが擦れて、官能が止めどなく溢れる。中も外も。

「あっ、あっ……や…っ、一頼…っ……」

「足、閉じたらダメだよ。ちゃんと全部見せて……俺を、悦ばせて……くれるんでしょ?」

「んんっ……」

白い両腿に手を添えられ、左右に大きく開かされた。体の火照りを示すように、皮膚の薄い内側だけでなく、尻のほうまでうっすらと紅色に染まる。

本名は腰を上げては落とした。

腹へ向けて綺麗に反り返った性器が、抽挿に合わせて卑猥に揺れ、溢れる透明な雫でひどく感じているのを知らしめる。

弾ける濡れた音。パチュンと何度も鳴る。規則正しく腰を上下に動かすうち、意識は朦朧となってきて、視界はぼんやりといつからか霞んだ。

抱き合う男以外は。

「……かず、よりっ、一頼っ」

いつから、名前で呼ぶことに抵抗を失くしたのだろう。昔は、せがまれても拒むほど恥ずかしく思えていたのに。

そんな考えが、鈍った頭に泡のように浮かんでは消える。

『その目が蕩けるところが見てみたい』

光瀬の言葉も過ぎった。

本名の双眸は今まさに鋭さを失い、睨み据えるどころか、焦点を合わせることさえままならない。

「……はぁ……はぁっ」

とろりと淡い膜でも張っているかのようだ。

顔が熱い。息も。

「はぁっ……あっ、あ…っ、熱い……そこ……そこっ……」

ぶるっと頭を振りながらも、腰を動かすのを止められない。理性を置き去りに快楽を貪る自分を、塚原が見ている。

名前を呼ぶことだけじゃない。今は、目の前の男にだけはすべてを許している。

快楽に身を委ねながらも、恋人の奥に残る迷いを感じ取れば、等しく苦しい。

――おまえにそんな顔をさせたいわけじゃないのに。ただ、欲しくて堪らないだけなのに。

「……な、か……」

「ん?」

「なか……熱い……っ……あつく、てっ……あっ、気持ちい……っ……おまえのっ、あっ……あっ、いい……いいっ……」

「もう……イキそう?　今日は後ろだけでイク?」

「んっ、ん……あっ、もう……」

「ああ、ぐっしょり……俺の腹まで濡れてきてる。映視さん……気持ちいいね。いいよ、先にイッても……」

「ふっ……ぅ、あっ……あっ……」

ぎゅっと目蓋を閉じると、眦に涙が浮かんだ。

揺さぶられているのか、自分で腰を振っているのかもう判らない。両方かもしれない。

擦れて淫猥な音を立てているところが、気持ちいい。

自分の声にさえ、昂らされる。

「……かず、よりっ」

愛おしむように撫でてくる手に、本名は頬を摺(す)り寄(よ)せた。薄い唇を開いて、「あっ、あっ」と規則的に啜(すす)り喘(あえ)ぎ、やがて切ない声を振(ふ)り撒(ま)きながら高みを迎える。

「あ…ぁっ……」

呆気なく射精した。びゅっと噴いた白濁が塚原の腹へと零れ、腰が幾度も前後に揺れる。

「あっ、俺だけ…っ……もう……」

「……まだイケそう?」

「え……あっ、あぁ…っ……」

一度終えてからも、欲しいと思う気持ちは終わらなかった。二度目は手で性器を愛撫してもらいながら、同時に達した。

あれほど強い刺激は嫌だと思っていたのに、塚原にされるのならなんでもよかった。なんでも。

この気持ちが薬によるものだと言うのか。

違うと思った。

愛おしさが溢れる。

自分は嬉しい。たとえ塚原がそうは思えないと言っても——言葉にしたいのに、うまくできなかった。

しがみついて揺さぶられるままに、ただ自らの想いに溺れるように、意識をどこかへ持って行かれる。

——彼が好きだ。

何度もただそう思った。

寝返りを打った拍子に、背中でもトンと押されたかのように目を覚ました。

伸ばした手足はなにかに当たることもなく、ベッドの広さに一人であると知る。本名はのそりと身を起こし、開け放しのドアの向こうをぼんやり見つめた。

「……一頼?」

返事はない。頭は妙にすっきりしており、何時間も眠ったような感覚だったけれどまだ夜も明けていなかった。

深夜三時。ふらりと家を出る時刻ではない。シェルフの置き時計に目を向けた本名は、散らばっていた衣服を身につけるのもそこそこに室内を確認するも、やはりどこにも姿はなかった。

明かりはつけっ放しだ。清涼とは言いがたい空気に、空気清浄機が音を立ててフル稼働している。リビングのテーブルの灰皿には幾本もの吸い殻があった。

このところたまに吸う程度だった男が、チェーンスモーキングなんてらしくない。

嫌な予感がした。

なにがあったか話したのは覚えている。

夜明けさえ待たず、塚原が向かうと思える先——本名は飛び出すように部屋を出た。

シャツのボタンを留めながら路地を急ぎ、大きな通りに出るとタクシーを必死でつかまえる。

――まだ、そんなに時間は経っていないはずだ。

煙草の匂いの残った部屋を思い返し、どうにか気を鎮める。真夜中の道は空いているにもかかわらず、赤信号にかかる度、じりじりとしか車が進んでいないような錯覚に囚われる。

目指したのはあのクラブだ。

「ここでいいです！」

ビルの前まで辿り着くと、本名は慌ててタクシーを降りた。夜の店のひしめく繁華街といえど閑散となる時刻、歩道の人気は少ない。

探すまでもなく、塚原の姿が目に飛び込んできた。一階の店へ向かう階段口で、派手な柄シャツの若い男と揉めている。

塚原はネクタイはしていないがスーツ姿で、警察手帳を出したのだろう。

「テメエ、ケーサツが令状もなしにこんなことしていいと思ってんのかっ⁉　ああっ⁉」

チンピラ臭を隠そうともしない茶髪の男は恫喝するも、組対の刑事相手ではそよ風にもならない。

「令状なんているか、現行犯だ」

「なんのだ⁉」

「風営法違反だ。営業時間をオーバーしてる」

接待が中心のキャバクラやホストクラブは、深夜零時ないし一時までしか営業ができない決まりだ。風営法を盾に店内を確認するつもりらしい。

　あえて、そのためにこの時間を狙ったのか。

「してねぇよ！」

「さっき出てきた女はなんだ？　頭下げて客を見送ってただろうが。『知らなかった』も、『客が帰ってくれない』も、『飲んでるのはスタッフです〜』もナシだ。そんな言い訳はこっちは耳にタコできるほど聞き飽きてんだよ」

「客じゃねぇし！　ありゃうちのオーナーだ」

「こんな時間にオーナーが店を覗きに来るわけがねぇだろうが！」

　荒い口調の塚原に気圧されながらも、男は言い返す。

「なっ、何時に来ようと勝手だ、テメエには関係ねぇ！　そんなに言うなら、中確認してみろよ！　客なんか、とっくに帰って……」

　男の『しまった』という表情を、離れた位置の本名ですら見逃さなかった。

「じゃあ、お願いしようか」

　塚原はポンと男の肩を叩き、ふとこちらを見た。よれたスラックスに同じく皺だらけのシャツを纏って突っ立つ本名に目を瞠らせつつも、店の男を押して階段を上り始める。

　閉店した店に、営業時間のきらびやかさはない。店のママらしき女が、青いドレス姿でカウンターで酒を飲んでいたが、隣に客はいなかった。

「おたくら、なによ?」

気だるい声ながらも、女の手にしたグラスの中で動揺に赤いワインが波立つ。

本名は塚原に目線で奥のカーテンを示した。壁に並んだ窓。天井近くまである大きな窓は、フェイクの飾り窓ながら、最奥の閉じたカーテンだけは秘密のカフェへと繋がっている。

そのはずだった。

「まさか、そんなわけ……」

本名は思わず声を上げる。

塚原が捲った青いカーテンの先に通路はなかった。ほかと同じ、ガラスの嵌った木枠の窓と、精巧に描かれた絵画の景色がそこにはあるだけだ。

「そ、そんなとこに客は隠れてねぇし」

ぎこちないながら、男は安堵の表情だ。

狐につままれたようなとはこのことだった。あの香炉の先を暴くのは困難でも、ほんの数時間で入口ごと封じるとは。しかもこんな形で。

——光瀬の差し金なのか。

「さぁさぁ、納得したならとっとと帰れよ!」

鼻息も荒く男は言い、塚原は床に目を落とした。

赤いカーペットは、壁の周辺だけ僅かに色が違う。まるで大きな荷物でも強引に引きずったかのように、不自然にできた毛足の逆立ちが色調の違いを生んでいる。

ドンッと激しい音が店内に響いた。おもむろに壁を叩いた塚原に、本名は目を剝く。

壁にしては軽い音。男が喚き立てる。

「なにやってんだ、テメエっ‼」

見張りに残されたのか血気盛んな男は、ついに切れて塚原へ殴りかかった。

「調子ぶっこきやがって、クソがっっ‼」

ぶん回しただけに等しいパンチを、塚原は無言でかわす。かわしたついでに男の腕を引っ摑み、動きを封じるのではなくそのまま拳を腹へとぶち込んだ。

ドスッとくぐもる音と共に、男は苦悶の表情で腹を抱える。

「塚原っ！」

明らかな過剰防衛に、本名は焦った。

「塚原、やめろっ‼」

二発目も続けかねない男の右腕に、慌てて飛びついた。

「舞台のセットチェンジ並みの素早さだな」

しばらく押し黙っていた本名は、口を開くとぼやいた。

短時間で偽装工作の施された入口。令状もなしにこれ以上の追及は不可能で店を出た。塚原に殴られた男も追ってこようとはせず、短気なくせして怪しいところだらけだ。

念のため、光瀬が一つのビルだと話していた裏の通りの喫茶店へ向かったが、『CLOSE』の札のかかった店の前では、走り去って行く怪しげなトラックを目撃しただけに終わった。

どのみち、こちら側の出入口も綺麗さっぱり塞いだのだろう。

「刑事失格ですね」

歩道のガードパイプに腰を落とした塚原が言った。

単独で乗り込み、過剰防衛で暴力沙汰。手順を踏んでいてはクラブや喫茶店ごと消えかねない状況とはいえ、塚原らしくないやり方だ。

「……どうしたんだ、一体」

傍らに立つ本名は尋ねる。

本来、無茶も荒っぽいことも極力避けて通る男だ。

けれど、問いかけながらも、その答えは判っていた。塚原はスーツの上着ポケットから、クシャクシャに握り潰したソフトパッケージの煙草を取り出し、一本抜こうとして止める。

減煙を始めたときのように。

塚原はいつも、どこかで自分のことを気にかけている。

「俺は本名さんのようにはなれそうもありません」

パッケージを握ったまま、喫茶店のガラスの扉を見つめた。

「俺よりはいつも冷静だろ」

「そういうことじゃなく……どうやら俺は、自分の大事な人と見知らぬ人が溺れかけてたら、迷わず大事な人に手を伸ばす人間のようです」

「そんなの……普通じゃないのか？　誰だって、どっちが先かって言ったら……」

言葉に詰まりながらも本名は返した。

塚原が同じでいたいのは『普通』ではない。

「でも、あなたは違うでしょ？　あんたは知らない人でも優先する。もしそれが被疑者でも」

「……買い被りすぎだ。つか、それは言い換えれば『薄情』ってことだろ。俺が……おまえを助けないとでも？」

大切な人とは誰か。塚原は限定しなかったが、そういうことだと思った。

塚原は、自分のために怒りのままにここへ来たのだ。もちろん刑事として真実を確かめたい思いもあるだろうけれど、普段の捜査方法とはかけ離れすぎている。

「俺だって、そんなに薄情じゃねぇよ。いざとなったらおまえを選ぶかもしれないし、そもそも起こり得ない状況を語るのが……」

「薄情なんじゃなく、あなたは誰より平等で、正義感が強いんですよ。俺は……一体、なにが正義なのかも判らなくなってきました」

そう語る眼差しは、硬く閉じられた二メートルほど先のドアではなく、もっと遠いところを見ているかのようだ。

「俺の中の正義は、私利私欲に走らず、犯罪者を検挙することだと思ってきました。自分の手柄が優先の警官にはなりたくなかった。あんたみたいな刑事になりたかった」

強行犯係時代の合同捜査での出会い。本名にとっては、覚えてもいなかったような出来事。犯人逮捕への重要な鍵となった情報を、包み隠さず知らせたことが、塚原が自分へ関心を抱くきっかけだった。

警察官には信念も理想もあるが、現実はそう美しくない。

上へ上がるには手柄を立てなくてはならない。さながら獲物を追う猟犬のように、早く、誰よりも早く。無我夢中で追ううち、理想は曇りがちになる。

「……なにが最良か。俺なりに考え、今は触れず、しばらく傍観すべきだと結論づけていました」

この場にいない男のことを語っているのだと判った。

「……光瀬か？　手柄に拘らないことと、犯罪を見過ごすことは違うぞ」

塚原は否定はせず、チラとこちらを仰いだ。ふっと肩の力を抜くように笑み、本名にとっては思いもかけない話を始める。

「映視さん、今日田舎に行ったでしょ？　母からメールが来てました」

「え……」

「お菓子ありがとうって。俺、菓子なんて頼んでないんだけど」

「あ……」

言われて初めて、口止めなどせずに帰ったのを思い出した。息子からだと渡されれば、礼のメールの一つも送るのは当然だろう。職場の同僚が来たというだけでも、普通は連絡する。

突然の矛先（ほこさき）は、出すぎた真似を怒ったからなのかと思った。

「悪い、まさか本店にいるのも伝えてないなんて思わなくて」

「いいんです、それは。母さん、喜んでましたし。あの人、俺に似てお喋（しゃべ）りだから、映視さんが見舞いに来てくれて、よっぽど嬉しかったんだと思う。あ……違うな、俺のほうが母さんに似てるのか」

苦笑したかと思えば、塚原はまた元のとおりに店を見据えた。

ガラスドアの向こうは、ぼんやりとカウンター席が窺えるものの、並んだスツール以外は暗がりに沈んで判然としない。

透明なガラス越しにもかかわらず、まるで闇に閉ざされてでもいるかのように。

「『二十年くらい経ってさ、もし偶然また会えたら、そのときは始めようよ』」

セリフでも読み上げるかのような調子で、塚原は言った。

「え……」

不意を打たれ驚く本名に告げる。

「十八年前、あの人が俺に言った言葉です。調べたんでしょう？　宮森さんのことも」

「……ああ、そのために行ったんだ」

「みんな覚えてましたか？　だとしたら、酷い評判だっただろうな」

町中に広まっていたらしい、光瀬の母親の噂。学校でのおかしな振舞いも、火を点けたのだろう。

「そうだな。家庭に問題があったようだった。クスリとの繋がりも……おまえも昔の噂は知ってたんだろう？」

「ええ、あの人自身も中学時代は荒れてましたよ。知り合ったきっかけは、万引きしようとしてたあの人を俺が注意したことなんです」

本名は驚いた。あの中学生の光瀬の写真を見るに違和感はないけれど、塚原が言わなかった理由が今になって判る。

「俺はヒーロー気取りのクソガキで、悪い奴はみんな捕まるべきだって、一人で放課後に町内パトロールするような痛いバカでした。映視さんには話したくもない、黒歴史ですよ」

誇らしく胸を張れる行いだと思っていただけに、そんな風に自嘲的に言うとは考えてもみなかった。

「中学の先生はおまえのこと褒めてたぞ。ひったくり犯を捕まえて、表彰されたって……」

「そんなの……とにかく、俺はバカだったんです。あの人と親しくなって、そう思った。単純に、『悪いことをする』イコール『悪人』で片づく問題じゃないんですよね。背景を知らないと人は量(はか)れないし、道を正すこともできない」

「けど、中学生でそこまで考えられないだろ。あいつは、そんなにいい奴だったのか？　仲良かったんだよな？」

「……そうですね。とても」

言葉を口に大事に含んでから発するように、塚原はポツリと言った。

どこか懐かしそうな眼差し。横顔を見ると、胸の辺りに不快感を覚えた。ツキリとした痛み。そんなつもりなどなかった本名は、自分の反応に驚く。

光瀬は、塚原を好きだったのだろう。

もしかすると、塚原も——目的語のない別れ際の約束は、互いに淡い想いを抱いていたからなのかもしれない。

「だったら……なんで仲違(なかたが)いなんてしたんだよ？」

努(つと)めて冷静に本名は問いかけ、ガードパイプに座る男の後ろ髪は、背後の車道を走り抜ける車の風圧に揺れた。

夜明け前の、湿った風が吹き抜ける。

「それは……俺があの人に、夢を打ち明けたからです。親にも話さないでいたこと……警察官になりたいって」

「え……」

「警察官は身内に犯罪歴があると、採用に響きますからね。あの人は自分の素行も気にしてたけど、それ以上に母親のことを気にしてました。親に薬物中毒の疑いのある人間なんて、おまえは友達に持っていたらダメだと」

警察官の採用には、確かに身辺調査が入る。

しかし、現状は考慮されるくらいだ。家族以外にまで調査が及ぶことは通常ないし、まして中学時代なんて——

「今思えば、そんなに神経質になる必要はなかったのにね。中学の友人関係なんて、いちいち調べるほど警察も暇じゃありません。でも、あのとき俺は納得させられた。一つ年上で、すごく頭のいい人だと思ってたから……けど、やっぱり子供だったんだな」

卒業アルバムを見れば、誰もが驚くほどに幼い。かつては大人びていた少年も。

みんな子供だった。塚原も、光瀬も。

子供だからこそ真剣で、子供だからこそ友達の夢を信じて、そのために別れを選んだ。

純粋さゆえの過ち。

「おまえは……嫌だって、言わなかったのか？　それでいいと？」

「もちろん俺も食い下がりはしたんですけどね。年下の意見は聞き入れてもらえないっていうか……あの人、結構頑固で」

「そんな感じは……する」

「後悔してましたよ。あんな約束交わして、来るわけない二十年後を言い訳にして、友達を見捨てるような真似をしたこと」

けれど、来るはずのない未来は、十八年の歳月を経たところでやってきた。

突然に。

これ以上はないほど、皮肉な形で。

「まさか、おまえはそれで……」

「だからと言って、昔のことを引き摺っているつもりはありません。私情を挟むつもりもない。ただ、真実を明らかにするのが、正しいとは限らないと思った。だから、あの人の口止めにも応じたんです」

『バッドエンドの道に迷い込んだ者は、努力だけでリスタートを切るのは困難だ』

光瀬の言葉。武村のことを言っているのかと感じたけれど、自身のことでもあったのかもしれない。

複雑な家庭環境から道を踏み外し、反社会行為に手を染め、裏の世界に身を投じ抜け出せずにいるのだとしたら――

「本名さん、あの人は……」

大型トラックが、ゴーゴーと嵐のような音を立てて走り抜ける。知らぬ間に満ちる海のように、朝を迎えれば交通量は増していく。

塚原の声はほとんど掻き消されたが、すぐ傍にいる本名の耳には届いた。

「え……」

口が半開きになる。仰いでくる男の顔を、本名は驚きのままに見返した。

背後の街の空がぼんやりと明るい。

一年でもっとも夜の短い季節。夕方降り出した雨は夜半過ぎには上がり、まだ五時前にもかかわらず空は東から色を変えていく。

塚原は静かに、けれどはっきりと言った。

「俺は、宮森成人に任意同行を求めます」

一夜明け、組織犯罪対策部のフロアはにわかに騒がしくなっていた。

「それがどういうことか判ってんのかっ⁉」

響く管理官の池林の怒声に、無関係の係の人間までもが、こちらの様子をチラチラと窺っている。

ホテルの強制捜査以来の騒ぎだ。

なにか大事件が起こったわけではない。嵐はこれから起ころうとしており、波風の嫌いな上役がすでに荒れているという状況だった。

塚原の提案した任意同行についてだ。

デスクから立ち上がり管理官の説得にかかる廣永は、塚原の案に同調しており、今すぐにでも光瀬に出頭を要請する構えでいた。

「これくらいの揺さぶりをかけないと、知らぬ存ぜぬで通してきかねません」

「だが、前代未聞だぞ」

「前代未聞はお互い様でしょう。あちらが先に仕掛けてきたこと」

口ぶりは普段と変わらず落ち着いているが、廣永が並々ならぬ決意で遂行しようとしているのは、身内である七係の面々は察していた。

立場上、責任の所在を確認したがる池林は、通路をうろつく足を塚原の席に向けた。

「塚原、おまえの話が本当なら、任同かけるなど正気の沙汰じゃない。理由はどうするつもりだ?」

島の席の塚原は、珍しくパソコンを開くこともなく座っていた。問いにはその場で立ち上がり、動じた様子もなく応える。

「税関から得た情報を今心会に流し逃亡の手助けをした疑いです。犯人隠避でいきましょう」

「拒否してきたらどうする?」

「こちらの本気を見せる目的は果たせます。というより、それが第一の目的です」

長身の塚原に眼前に立たれると、それだけで威圧感がある。池林は一歩身を引き、踵を返すと、唸り声を上げながらグルグルと島の周囲を歩き始めた。

ゴーサインを待つ中、空気に堪えかねたのか佐次田がぼそりと漏らした。

「戦争になったりしませんかね」

本気か、冗談のつもりか。笑えない。思いのほか大きく響いた呟きに、ブーイングが上がる。

「サジ、不吉なこと言うな！　抗争はヤクザ同士でやってりゃいいんだ！」

そもそも、光瀬が応じるとは限らない。

ハッタリとも言える任意同行。事件を動かすきっかけを得る狙いだったが、管理官の許しも出て要請してみれば、光瀬は意外にもあっさり応じた。

『快く』と言えるような二つ返事だった。

製薬会社の業務も終わる夕刻。迎えの捜査車両に乗り込み、本名と塚原の同行の元、本部庁舎へ到着した。

好奇の視線をものともせず、まるで物見遊山で闊歩する男は相変わらずだ。

「さすが警視庁ですね。取調室の数も多くて使い勝手がよさそうだ」

取調室に入ると、無遠慮にマジックミラーに近づき、あちらを覗き込む。

こっちがヒヤリとなった。

目撃者の面通しもない案件にもかかわらず用意されたミラーつきの部屋。隣室は大入り満員状態で、管理官から七係の捜査員たちまで、多数が詰めているはずだ。

こちらからは見えていないと判っていても、スカートの中でも覗かれているようで、居心地が悪い。

「じゃあ、始めますか」

調書を取るため、部屋の隅の机につきながら塚原が言った。茶番に思えなくもないが、ここまでくれば後へは引き返せない。

灰色のシンプルかつ地味な部屋の中でも、光瀬には妙な存在感がある。席に着くよう勧め、本名がデスクを挟んで向かい合ったところで、無遠慮にドアが開いた。

「おい、早速厚生労働省から抗議の電話だ！」

電話を受けたらしい隣の係の男だ。

本名は鼻白みつつも、冷静に返した。

「……係長に言ってもらえますか？　あちらです」

マジックミラーを指差す。

最早状況を隠す気にもなれない。いつも以上に口元が笑っている光瀬に、本名は真正面から向き合った。

「まず、名前を確認させてください」

「光瀬……」

「本名でお願いします」

「……宮森成人です」

灰色のデスクに載せた光瀬のスーツの左手には、袖の端からあの高級時計が覗く。

失敗に終わった強制捜査の現場に現れ続けた、腕時計の男。

「ご職業は？　本業で、お願いします」

本名は臆することなく男の眸の奥を見つめた。そこに真実があるとでもいうように覗き込んでも、まるで揺らぐことのない光瀬の眼差し。

感情をあまり見せたがらない塚原の目にも似た、海の底のような色だ。

男は抑揚もつけず、するりと答えた。

「職業は、麻薬取締官です」


「俺の中学時代は平凡だった。母親はガーデニングと昼ドラが趣味の専業主婦で、俺は警察や消防に表彰されたこともない、道端で千円札拾って交番に届けたことがあるくらいのありふれたガキだ」

庁舎の屋上で咥えようとした煙草を唇から離した本名は、つらつらと淀みなく言った。

「どうしたんですか、急に？」

隣で手摺りに背を預けた塚原が応える。

「普通の中学生活を送ってたってことだよ。そこそこ皆と仲良くしてたけど、よくいる『勉強全然やってない』って言いながら、テストで良い点数取る奴は嫌いだった。俺は毎回真に受けて騙されてたからな」

「……本名さん、正直者ですからねぇ。それに性善説で生きてるでしょ？」

断言されるのは面白くないが、実際そのとおりだ。

本名は手摺りに腕を投げかけ、見飽きた街の夜景を見据える。

取調べを終えた光瀬は帰ったところだ。数時間かかっても疲れた様子もなく、むしろ最後まで調べを受ける側に回るのを楽しんでいるかのような調子だった。

素性が判っても、好感は持てそうにない。

本名は隣に顔を向け、問う。

「最初から麻取だって知ってたのか？」

光瀬成人。本名、宮森成人は麻薬取締官だ。厚生労働省の地方厚生局麻薬取締部に所属している。

今朝、塚原から聞かされたときは驚いた。

「口止めをされるまでは知りませんでしたよ。本名さんと同じように、今心会と繋がりがあるのかとも疑いましたしね。なにしろ、二十年近く経ってるんで、昔のままの彼かどうかも判らないし」

人は変わる。性善説を信じようと、性悪説を唱えようと。

目の前に広がる夜景だって、同じように見えても、ここへ異動してきて数年の間に目まぐるしく変わっているに違いない。オフィスや住居の窓明かり、高層ビル群の赤い航空障害灯、網の目のように広がる道を流れる車のライト。

昨日にはそこにあった光が失せ、新たな光が生まれる。

中にはまやかしの光もあるだろう。

宮森は、光瀬として偽りの日々を生きている。

麻薬取締官には、警察さえも認められていないおとり捜査の権限が与えられている。しかし麻薬の購入で密売人に接触する程度で、潜入捜査は行われていないはずだった。

身分を偽り組織に深く入り込んでの内偵は、あまりにも危険すぎる。それを一年半に渡って続けているのが、光瀬だ。

『光瀬』というのは、十年あまりエリミ製薬の臨床開発二部を仕切っていた男の名だ。中途採用の口利きをした叔父ということになっているが、病で亡くなっている。

今心会と繋がりを持った男だ。死ぬ間際になって悔い改め善行に目覚めたか、家族に汚名を残すのを恐れたか。病に倒れた際に内偵中だった麻薬取締部が接触し、取引を持ちかけたらしい。

宮森は光瀬となり、エリミ製薬での地位を得て、今心会との関係までをも引き継いだ。

そして、短期間で信頼を得るため、税関職員から得た情報を利用して、警察の強制捜査から救うこともあったという。

『名前と肩書きだけでは、あちらの信用を得るには足りませんでしたので』

さすがに神妙な顔をして光瀬は言ったが、こちらが全力で摘発(てきはつ)に当たっていたものを、ご機嫌取りにチョイと利用したと言うのだ。

そこまでの情報とは知らなかったなどと嘯(うそぶ)いていたが、もちろんそんな言い訳は誰も信じない。

これまで警察と麻取の関係はけして悪くなかった。普段は協力体制で、情報交換も行っている。定例会は麻薬取締りに関わる省庁が揃って集まり、現在の捜査状況から今後の方策に至るまで話し合ってきた。

――というのは表向きで、実情は腹の探り合いなところもある。

刑事が手柄を求めるように、組織は結果を求める。薬物犯罪の複雑さと、機密保持意識の高さが閉じた体質を加速させ、摘発に向けた思いは同じであるはずなのに歪(ゆが)みが生じてくる。

「どうして黙ってたんだ?」

夜の眺めに放るように発した本名の言葉は、まるで責めてでもいるかのようだ。

思わず煙草を咥えて誤魔化す。安っぽいライターからはカチカチと鳴る音と、僅かな火花が暗がりに散るばかりで、見かねた男が隣から自分のライターを差し出した。

オイルライターは、ゆらりと頼もしい炎を上げる。

「信用してますよ。だから、知らせたくなかった。二人で背負ったからと言って、半分になる種類のものじゃないでしょ」

塚原と同じように、自分は葛藤しただろう。

「……なにが正義か」

本名はポツリと呟く。

自問自答するように、塚原が今朝口にしたあの言葉。光瀬の……麻取の追っているもののほうが、圧倒的に大きかったからだ。

摘発に至れば暴力団組織や密売ルートに壊滅的な打撃を与え、不正に関わる製薬会社にメスを入れられる。

しかし、組対の捜査を犠牲にした上でだ。

どちらが多くの幸せに繋がるか。なにより結果を優先するのが正義なら、目を瞑ってしまうべきなのかもしれない。

「一旦は見て見ぬ振りをしようと思ったんですけどね。でも、そうしてる間にも薬物乱用者は増えているわけです。本名さんの目にした大麻カフェでもね。末端だからと言って、見過ごし

続けていいはずもないと、あなたに知らされましたよ。ガツンとね」

このタイミングで塚原の判断を変えたのは、あの店——

「それに、俺は警察官です。自分の属する組織を信じないで、なにかを成し得るはずもない。そんなの、ヒーロー気取りだった子供の頃と変わりません」

組織ゆえの窮屈さや、非合理さを覚えるときもあるけれど、大きな集合体だからこそできることもある。

告げる本名の声にも力は籠った。

「麻取との合同捜査になる。結果はそこで出せばいいんじゃないのか」

光瀬の任意同行で、どうやら麻取も知らぬ存ぜぬで縄張りを守ることはできなくなった。

「出せるといいんですけどね。ああ、俺ももらえますか」

塚原はそう言うと、指に挟むだけになっていた本名の煙草を求めた。男にしては白い手ごと引き寄せ、口元に運ぶ。

吐き出した煙は、守るべき街の夜に染み入るように溶けていった。


「カフェは必ず再開します」

光瀬は取調べのときからそう断言していた。

ひと月ほど前に大口の入荷があったばかりで、大麻を捌かなければ資金繰りにも影響するらしい。

「あのスーツケースの行方は監視してましたから」

光瀬の一言に、車内の空気が凍りつく。

七月の下旬。梅雨明け宣言のその夜、光瀬と七係の捜査員の一部は、クラブ『キャッスル』の近くに停めた捜査車両のバンにいた。

同乗者は六人だが、周辺に捜査員は二十名近くが待機しており、エリミ製薬のビルも、今心会の組事務所前も同じ状況のはずだった。

大規模な一斉摘発だ。警視庁及び各所轄の組対の捜査員と、関東信越厚生局の麻取が集結し、協力体制が取られた。

日時は光瀬が中心となって決めた。再オープンしたカフェに、都内の隠し倉庫から大量の大麻の入荷する日だ。

あの夜、ホテルで忽然と消えた大麻だ。スーツケースはホテルの従業員の目を盗んですり替えられていた。組対が右往左往する中、麻取はすべてを把握しており、行方まで知っていたというわけだ。

光瀬の口ぶりに、七係の面々の顔も盛大に引き攣る。

「ははっ、さすが麻取さん、抜かりがないですねぇ」

そのくせ上がる乾いた笑い声。合同捜査という落とし所で、警察と麻取の争いは回避中だ。麻取は『大がかりな強制捜査だったとは知らなかった』で押し通し、組対もまた『麻取だとは知らず任意同行を求めた』で貫き通した。

まるで狐と狸の化かし合い。

上面はこのとおり仲良くやっている。

「本名さん、ガサ入れ前だってのに静かですね」

隣り合った後部シートで光瀬に声をかけられ、本名は素っ気なく応える。

「俺は元からそこまで喋るほうじゃない」

そもそも、ガサ入れ前だからこそ口数は減るものだろう。

緊張感が高まると無駄話をしたくなるほうか。この男は外見はともかく、中身は自分よりも塚原に似ている。

今は裏手の喫茶店側の車両にいる塚原と比較しつつも、むろん口にはしない。

「もしかして、まだあのことを怒ってるんですか？」

光瀬はなおも話しかけてきた。

しかも、触れたくもない事柄についてだ。

「本当にカプセルの中身は空だったんですよ？　眠気はハルシオンのせいです」

あのとき、光瀬はカプセルと一緒に睡眠薬の錠剤も喉に押し込んだらしい。即効性のある薬で、乱用者もいるが麻薬ではない。

「ハルシオンなら眠くなるだけのはずだろ」

あの意識の混濁。睡眠薬は素直に寝てしまえばいいが、覚醒しようと足掻けば、まれに幻覚を見たり夢遊病のような行動をとったりする。健忘も症状の一つだ。

しかし、睡眠薬に催淫効果などない。

あれは暗示がかったプラシーボ効果だったというのか。

「なにかあったんですか？　眠る以外に」

遠慮なく問い質してくる男に、本名は動揺を悟られまいと、車内のモニターを凝視した。

「犯人隠避じゃなく、傷害罪で任同かければよかったな」

「ああでもしないと、今頃は東京湾に沈められたか、樹海を彷徨ってますよ。せっかく逃がそうとした僕の機転も無駄にするくらいですからね」

光瀬は薬が合わなかったことにし、『泥酔ですまそう』と今心会の大添に持ちかけたのだ。どうせ薬物中毒者で、それ以上大事にできるわけもないと。

「あのとき……」

大添が店に入って来た際、光瀬は視界を遮るように立ち上がった。

——あれも隠したのは大添ではなく、俺の姿だったのか？

組対の捜査員は暴力団に面が割れていることもある。結局、大添には顔を知られていなかっした。

突入予定は客が集まる午後九時だ。ビルの構造に詳しい光瀬は、自ら（みずか）カフェへの配置を希望

「もう時間ですから、僕は先に行きます」

たからよかったものの、危なかった。

客として紛（まぎ）れ込（こ）むため光瀬が出て行くと、佐次田が中列の席でクルリと振り返る。

「あの男、本当に信用できるんですかね？」

「麻取を信用しないでどうする」

「けど、ヤクザに寝返ってる可能性はないですか？　一年半ですよ!?　俺にはいろんな意味で

絶対ムリっす」

おとり捜査は、単純な密売人との接触ですら想像以上に難しいものだ。

ロボットではない人間は不安を抱く。素性が実はバレているのではないかという猜疑心（さいぎしん）がミ

スを招き、自滅する。

まして、秘密裏に長期間行われていた潜入捜査など――

「あの人、やけに羽振りもいいし、怪しすぎぎんですよ」

佐次田の疑いはもっともだが、本名は迷わず返した。

「あいつは大丈夫だ」

「塚原さんの昔馴染みだからっすか？」

「いや、そうじゃない。今日は自分の車で来てないからだ」

すっかり見慣れたホワイトカラーのベンツは、今日は一度も目にしていない。

運転する男の姿も。

修羅場になると知っていれば、武村はなにを置いてでも来るはずだ。招かれざる存在であろうと、光瀬のためなら。

わざと教えなかったか、遠ざけたのだろう。

「あのご自慢のベンツっすか？　そんなの、騒ぎで大事な車が傷つかないように置いてきただけっしょ」

「そうだ。だから、あいつは本気なんだよ」

誰が、一体なにを守っているのか。

本当は。

本名は車外に目を向けた。窓に貼ったスモークで繁華街のネオンは暗く沈む。出て行った光瀬の姿ももうない。

突入が近づくと、急に時間はゆっくり進むように感じられる。いつもそうだ。緊張の中、待ちかねる瞬間。

午後九時。始まりは静かと行きたくとも、小さなビルに多数の男たちが押し寄せれば、通りは異様な雰囲気となった。

「警察だ！　全員、そのまま！」

令状片手に命じるまでもなく、事情の判らないクラブの女の子たちは竦(すく)み上(あ)がる。

いつもどおりに始まったであろう、人工的な煌(きら)びやかな夜。場違いなスーツの男たちに『キャッスル』は占拠(せんきょ)され、店内のシャンデリアも色とりどりのドレス姿も同じにもかかわらず、メッキでも剝(は)がされたかのように空気は変わった。

「そっちじゃない！　こっちだ！」

奥のカーテンを捲(めく)った佐次田が、閉ざされたままの壁にバールを振り上げると、先に店にいた光瀬が手招く。

今度は手前の作り物の窓に、新たな通路ができていた。

大がかりなリフォームでもしたのか。

「そんな野蛮(やばん)なもの振り回さないでください。行きますよ」

冷ややかに告げられ、佐次田はムッとした表情だ。『なんとか言ってやってくださいよ』と目線がこっちに縋(すが)ってきた。

「本名さん！」

「いいから続け」

「でもあいつ、入口が移動したなんて言ってませんでしたよ。絶対わざとですって！」

確かに、光瀬は抜かるような男ではない。

例の防犯カメラに映り込んだときも――

ふと、今になって気になった。

そうだ、光瀬は映像の中にいた。巧妙に姿を隠しているとずっと思い込んでいたが、実際は違う。腕時計をした左手だけとはいえ映り込み、痕跡を残していたのだ。

――まさか、あれもわざとだったのか？

先を行く男の後ろ姿を、本名は見据える。通路や階段は狭く、人一人通るのがやっとだ。ぞろぞろと続いたところで、突入の勢いは急速に弱まる。

今、光瀬が先頭にいるのは、自分たちに入口を教えずにいたからだ。

なんのために？

誰よりも、先に行くため――

地下のフロアに辿り着いた瞬間、パンッと乾いた音が響いた。

まるで風船でも割れたかのような、軽い音だった。けれど、その場にいた全員がすぐに気づいた。

銃声だ。小口径の銃か。暴力団がよく使う三十八口径ではなさそうだが、小ぶりの銃だろうと殺傷能力がある。

「光瀬っ‼」

本名は叫んだ。

「撃ってきたぞ!!」

騒然となる中、階段の降り口で胸元を押さえて体を丸めた男に本名は飛びつく。

「光瀬っっ、おいっ!!」

「……大丈夫です、チョッキ着てますから」

「大丈夫なわけあるか！」

都合よく胴体に当ててくれると決まっているわけじゃない。

「アンタ、まさか……」

護身用サイズの拳銃を手に呟いたのは、あの入口をガードしていた顔に傷のある男だ。勢いで放った一発だけで怯んだ理由は、知った顔だったからに違いない。

もしも、別の人間であったら——

「光瀬っ、テメッ、売りやがったなっっ！」

状況を把握した男は驚愕の眼差しから一転、『うおおおお』と地鳴りのような声を上げた。

すべては一瞬の出来事だった。男は腕を突き出すようにして、叫びながら突進してきた。小口径の銃は狙いを定めやすい。体がダメなら頭。まるで夜店の射的のように、軽く構えなおす。

本名は咄嗟に光瀬を庇った。

覆い被さり、銃口へ無防備に背を向けたところで、自分もやっていることは光瀬と同じだと気づいた。

気づいたところで遅い。

軽い音と共に襲いくる銃弾を意識した。

しかし、衝撃はない。数秒は経ったと感じながら振り返ると、男の銃を持った腕を捻(ひね)り上(あ)げ、塚原が厳しい形相(ぎょうそう)で立っていた。

「あなたも同じですよ、本名さん」

「……塚原」

喫茶店側からの突入班も、カフェに辿り着いたのだ。

塚原は肩で息をしている。まるでこうなることも想像がついて、阻止(そし)しようと急いだかのように。「頼むから」とくぐもる声が微かに届いた。

「自分だけは大丈夫なんて、思わないでください」


小一時間ほど前は息を潜(ひそ)めて応援に集まっていた覆面(ふくめん)パトカーには、回転灯が灯(とも)っていた。サイレンが鳴らずとも不穏に周囲を照らす赤い光に、通行人が何事かと目を向ける。

エリミ製薬と今心会の組事務所。どちらの強制捜査もほぼ手はずどおりに完了したと連絡があった。本名たちの突入したカフェも、地下のボイラー室から最大の目的であった大麻草(たいまそう)を押収できた。

搬入が大量で、ガサ入れに気づいても処分しきれなかったのだ。あのホテルで大麻を押さえ損ねたからこそとも言える、皮肉な話だ。

全容解明はこれからだが、今夜のガサ入れは成功したと言える。

「もっと早くに気づくべきだった」

本名は元の紺色のバンの前にいた。

「なんのことですか?」

スライド式の扉の開いた車の中で、ドア近くに座った光瀬が応える。しきりに手首を気にしていた。時計が壊れたわけではなく、突入の際に捻ったようだ。もしかすると、自分が覆い被さったときかもしれない。

詫びるつもりはない。

光瀬は自己犠牲も覚悟で先頭を選んだのかもしれないが、協力体制を取った以上、もっと信頼し相談してくれて然るべきだ。

「その腕時計のことだよ。おまえはわざとカメラに映ったんだ」

本名の言葉に、車体に凭れるようにして立つ塚原が驚き背を起こした。

「昔馴染みが組対にいるのは知ってました。立派になったもんだと……ちょっと悪戯心で賭けてみたくなったというか」

「あんた、俺が調べるのを承知で?」

「気づいてくれると思ってたよ」

光瀬は緩く微笑む。毒気の抜けたような笑いは、そんな顔もできるのだと思わされたけれど、どこか不安にもなる表情だ。

「薬物犯罪は闇が深いんでね。捜査に欲をかこうと思えば、いくらでもかける。あのカフェ、都内に一店舗だと思いますか？　繁盛すれば、すぐにそこら中にチェーン店が溢れるのが日本の商売です」

「……ほかにもあると？」

「ここらで手を打ちたかったのかもしれません。自分で志願したものの、正直嫌気はさしてた」

人はロボットではない。それは誰であろうと同じ。光瀬の中にも血は通う。

むしろ、人でなければ麻薬取締官になる道を選ぶはずがない。

彼の母親は。

「だったら、なんで俺に口止めしたんですか？」

塚原が問う。

「俺も、組織の一員なんでね。警察に比べたら麻取は小さいけど、それでも命を削るくらいの覚悟でみんな捜査に臨んでる。たまに帰らないと忘れそうになるけど」

葛藤の末に出した塚原の答えと変わりないように思えた。

「一頼なら、そっから上手く扉を開けてくれそうな気がした。鍵を見つけるなりして……まさかバール持ったようなおまえの相方にぶち壊されるとは思ってなくてね。開かないなら叩き割ってしまえって」

随分な言われようだ。多少塚原よりはせっかちでも、それなりに捜査の手順は踏んだつもりだ。

ムッとなる本名は、先程実際にバールを持っていた坊主頭の男のことを思い出した。

「おまえはもう死んでいる」

あの言葉を呪文のように呟いてみる。

車の中の光瀬が、身を乗り出すようにして外の本名の顔を仰いだ。

「……なんですか、それ」

「デカの決め台詞にしたいって言ってた奴がいてね」

「どこの誰ですか？　有名漫画のパクリでしょ。知らない人間がいると思って……」

「光瀬はもう死んだってことですよ、宮森さん」

答えたのは塚原だった。当人より先に意味が通じたらしい。

もう解放されたのだ。

彼は、『光瀬』ではない。

ようやく気づいた男は、ハハッと笑った。

「いい相方をお持ちのようで。本当言うと……羨ましかったのかもしれないね。のん気に恋人を作れる組対が」

「のん気って……ていうか、それ」

呆れる塚原は、関係をあっさり指摘されたことに絶句したようだ。

本名は思った。実際、潜入捜査中の麻薬取締官よりは刑事の恋愛事情はマシかもしれない。まさか恋のできる仕事と、やっかまれる日がくるとは考えてもいなかったけれど——

「けど、べつに麻取もできないと決まったわけじゃないだろう」

停車中の警察車両で渋滞気味になった道の向こうを、キョロキョロと辺りを見回しながらうろつく男がいる。目立つ体軀の男は、すぐにも職質をかけられて、ついでに連行されかねない強面だ。

幸い、先にこちらに気づいて車道を渡ってきた。

「成人さん！」

車の間を縫って走る武村は叫んだ。

七年前の旭崎組の一斉摘発。武村を検挙したのが宮森成人だった。

摘発を主導していたのは麻取で、取調べも麻薬取締部の事務所の取調室で行われたはずだ。

宮森は麻薬取締官としては新人の二十五歳。武村もまだ二十一歳の頃。

密室でどんなやりとりがあったのか知らない。取調べで取締管に心を開き、服役後に情報提供者になる被疑者はいる。

武村にとっては、それが裏社会から足を洗うと決心し、従者のように傍にいたいと考えるほどのことだったのだろう。

人はどこかで自分を知られたがっている。

自分が何者で、どんな人生を歩み、なにを思いそこにいるのか。

「負傷者は休んでてください。俺らは事後処理に戻ります」

塚原が声をかけ、店のビルに戻る男の後に本名も続いた。

車道を渡り切ったところで、ふと思い当たった。

「おい、一つ訊き忘れた。麻取はそんなに給料いいのか?」

軽口を叩きたくなるくらいには、気分は晴れていた。

「いや……あの人のことだから、ちゃっかり副業してんじゃないですかね。良かったら転職しますか?」

「いや、いい。俺は警察官が合ってる」

「俺もです」

即答に思わず笑った。


「もう着きますよ」

声をかけられ、本名はハッとなって目を覚ます。

長く眠っていた気がした。

なにか夢も見ていたようだけれど、覚えていないし、実際には僅か十分ほどだったらしい。

走る車の助手席から確認した景色は、塚原の自宅マンション近くだ。

空は白々と明けようとしていた。

「悪い、気を失ってた」

一斉摘発の長い夜。ようやく職務から解放され、塚原がそのまま捜査車両で帰るというので同乗した。夜は明けようと、まだ電車も走っていない時刻だ。

「そりゃ眠くもなるでしょ。ここんとこ、準備に忙しかったし、今日もこのとおりだし」

検挙者を留置場に送りさえすれば、一日が終わるわけではない。四十八時間がリミットの検察官への送検へ向け、事情聴取も調書の作成も必要で、今回は人数も多い。

しかし状況は皆同じで、塚原だってそうだ。

なのに鷹揚に笑う男はハンドル捌きもいつもと変わらず、朝焼けの始まった東の空へと向け、車は滑らかにカーブを曲がる。

眠気も誘うはずだ。

「おまえは車の運転が上手いな」

本名はふっと笑った。

「なんすか、それは。貴重なデレですか、居眠りの言い訳ですか?」

「デレのほうだ」

あっさり告げると、焦ったようにチラとこちらを見るのが可笑しい。どうやら二択ではなく、後者一択の予想だったらしい。

塚原は屋外のコインパーキングに車を停める。エンジン音が消え、本名が早速降りようとしたところ、シートベルトも外さぬうちに運転席から手が伸びてきた。

手だけでなく、体も。上体を寄せてきた男は、当然のように顔を近づけ、拒否する理由もないので本名はそのまま唇を受け止めた。

目蓋を落とせば、キス。

柔らかく唇が触れ合う。

離れてもまた戻ってきて、何度目かで唇を淡く開けば、口づけは深くなった。本名からも舌を差し出す。しばらく互いの内側を確かめるように触れ合い、キスは解ける。

離れる間際、スーツの肩に置かれていた手が、するっと耳朶から首筋を悪戯に撫でた。

「……んっ……」

微かに漏らした吐息に、本名は我に返る。

誰に見られるか判らない車中でキスなど、本来はそれだけでも拒む理由だった。

見つめる男が、艶っぽい声で問う。

「帰るのに俺の家を選んだのもデレですか？」

「いや、それは近いほうが楽だっただけだ」

正直な本名に、気の抜けた表情の塚原は苦笑した。実際、色っぽい意図はまるでなく、早くベッドに入って眠りたかったからだ。

「なんていうか……映視（えいし）さんはそのままでいてください」

呆れたのか。車を降りた塚原の後を追う。

「ベッドならどこでもいいってわけじゃないぞ？」

「当たり前でしょ。どこでもよかったら怒りますよ」

今怒っているわけでもないのか。まぁこれくらいで機嫌を損（そこ）ねられても困る。

そう思いつつも、本名はホッとして言った。

「おまえの家は安心できるっていうか……どうも、自分の家以上に」

「……え？」

「あれだ、こないだも無意識におまえの家に行ってたろ」

「こないだ……」

光瀬に薬を飲まされた夜だと判ったようだ。

「なんにも覚えてないのに、辿り着くなんてな。記憶なくても、俺はおまえの部屋を緊急避難先に選ぶんだなって。なんていうか……たぶん、おまえに甘えてるんだよ」

間違いなく、どこよりも安心できる場所だったからに違いない。

意識がなくても、体がそう記憶していた。

「映視さん……」

足を止め、塚原が振り返った。

こっちは恥ずかしい本音を晒（さら）しているというのに、困惑した表情で躊躇（ためら）いがちに口を開く。

「なんか……こんなこと言うのは、俺も意外と正直者なんだなって思うけど」

「なんだよ？　別に言いたくないなら無理に……」

「あの晩、映視さんは自分でここにきたわけじゃないんです」

「え？」

「あの人から携帯に連絡があって、『残業なんかしてないで、早く家に帰ったほうがいいよ』って。それで、慌てて帰ったら玄関先にあなたが……」

「光瀬が運んだって言うのか？」

塚原は頷いた。

人の神経を逆なでする口調で、試すような電話をかけてくる光瀬は容易に想像できた。記憶がない以上、それが事実だと突きつけられたら、受け入れざるを得なくなる。

自分の意志じゃなかった——

でも、覚えていることもある。

「夢なら見た」

「夢？」

「ああ、あのとき……おまえの夢を見た。だから、やっぱり無意識でもおまえのこと考えてたんだと思う」

夢と言うより、あれはもっと現実の自我を伴った幻覚だった。

「映視さんが俺のことを……夢ってどんな？」

少し感動したのか、言葉を噛みしめるように口にする男は問い返してきた。

本名は『うっ』となり、息を飲んだ。

「な、内容はよく覚えてない。ただ、おまえが出てきたってだけで」

「え、そこ大事でしょ」

「大したことじゃない」

「……本当に？　大したことじゃないなら教えてくださいよ」

「覚えてないんだから、教えられるわけないだろ」

「その反応は絶対に大した夢ですよ。俺の夢だったんでしょ？　二十年後くらいに現実になるかもしれないいじゃないですか」

「ならない！」

思わず語調を強める。ますます疑わしいに違いなく、墓穴を掘った本名は逃げるように路地をまた歩き始めた。

「映視さん！」

不服そうな声を上げ、塚原も追ってくる。

コインパーキングの先はもう、マンションの並ぶ住宅街だ。

空は車を降りてからの僅かの間にも明るくなっていた。橙色に染まる東の空に、そういえば朝焼けどころか、夕焼けすらしばらく見ていなかったなと思い当たる。

――雨はもう降らないだろうか。

昼は気忙しい街も、束の間の優しい空気に包まれれば、ふと穏やかなあの町の景色が頭を過ぎった。

「それよりさ、落ち着いたらおまえ、今度こそ田舎に帰れよ？」

「話をすり替えないでくださいよ」

「すり替えてない。本気で言ってるんだって！　来週なら休み取れるだろ」

つい声が大きくなってしまい、慌てて潜める。起き抜けの街には相応しくない。

「母はもう退院してますって」

「関係あるか、家で退院祝いでもなんでもして孝行しろよ。敷居が高いなら、俺が送ってやるから」

「実家ぐらい一人で帰れま……いや、送ってください」

「どっちだよ」

本名はくすりと笑い、二人揃ってマンションのエントランスに入った。

「一人より二人のほうが道中楽しいですしね。ついでに『お付き合いしてます』って挨拶(あいさつ)してくれたら……」

「するわけないだろ」

「じゃあ『恋人です』って」

「同じだ、バカ」

「『同棲してます』」

「……」

「『同居人です』」

やっと半減と言ったところか。どこまで本気で言っているのか判らないけれど、値切りでもしている気分だ。悪くない。

エレベーターに乗ってからもしばらくやり取りは続き、部屋のドアを塚原が開けると、本名は隙をついてそれを奪い取った。

「とりあえず、これはもらっとくか」

恋人の部屋の鍵を手に、勝手知ったる我が家のように中へと入って行った。

刑事と休日とソフトクリーム

「知ってます？　今日って日曜なんすよ」

駐車場に車を停めたところで、運転席の塚原が言った。

特にどうという会話ではないにもかかわらず、早くも本名は眉を顰めそうになる。

「だからなんだ」

「夏の週末って言ったら、海とか山でキャッキャするもんじゃないですか～」

「来てるだろ、山に」

見渡す限り山だ。右も左も、正面も。やってきた後方までぐるりと緑に囲まれ、車から降りた二人を迎えたのは、余すところない山の景色。

日曜日、早朝から車を走らせてきたのは、東京と山梨の県境、奥多摩エリアにある閑静な温泉地だった。清流を中心に広がる小さな町は、豊かな緑に囲まれ、同じ東京都内とは思えない。温泉は冬のイメージだが、『ようこそ湯と清流の岩川町へ』と看板を掲げた駐車場には、週末の観光地らしく車も複数台停まっている。

「俺らにはキャッキャが足りないんですって、キャッキャが。まぁ、本名さんはどこにいてもそうなんでしょうけどね。街でも山でも、オンでもオフでも」

そんなことを言って、塚原のほうもオンらしく自分を名字で呼んだ。

無意識か、意識的にそうしてか。

「しょうがないだろ、遊びにきてるんじゃないんだ」

今日も今日とて仕事である。以前からマークしていた広域暴力団直系の組が、この町で中国ルートの密輸組織と接触するとの情報を得た。昨年、洋上取引で大規模摘発があり、薬物の入手を絶たれた組であるから、ここらで思い切った取引に出る可能性がある。

――海が駄目なら山ってか。

昨今はドローンが使用されたりと、犯罪もハイテク化しており、どんな手に打って出るか判らない。

夜には魑魅魍魎どもが温泉宿に集結すると聞きつけ、一足先に七係からは本名と塚原が送り込まれた。

「いつになったら遊びで来られるんですかね、俺らは。プライベートで温泉なんて、夢のまた夢……」

塚原のボヤキに応えるように、携帯電話が鳴った。

「俺の電話だ」

静かな山間では、バイブレーションにしていてもよく響く。観光客を装った私服姿の本名は、オフホワイトのコットンパンツのポケットから携帯電話を取り出した。

係長の廣永だった。今夜の手はずの確認に違いないと表情を引き締めるも、到着を報告する本名の眼差しは別の意味で次第に厳しくなっていく。

「……了解です」

締め括るように応えて通話を終えれば、太陽に熱せられた捜査車両のセダンの向こうから、待ちかねた男が食いついてきた。

「係長、なんですって？」

「……」

「電話、廣永係長だったんでしょう？」

「帰るぞ」

「本名さん？」

渋々のように状況を説明した。

「取引が中止になった。中国人の連中が食あたりで入院だとさ。緊急来日して緊急入院とは忙しい奴らだ。日頃の行いのバチが当たったんだろうよ」

言葉のわりに本名の表情は冴えない。山奥まで来て無駄足になったのもあるけれど、もう一つの理由は熱々に焼けたフライパンみたいなルーフにも手を置きかねない勢いで身を乗り出してくる。

「映視さん」

「ダメだ」

「まだなんも言ってないじゃないすか！」

早速、名前呼びに切り替えておいてよく言う。

「その俺に対しての『とりあえず否定しとこう』みたいな態度、やめてもらえます？　結構傷つくんで」

「どうせろくな提案じゃないに決まってる」

「良案ですよ、せっかくここまで来たんだし、時間ができたんなら泊まっていきましょうよって話ですよ。今の流れだと、休みになったんでしょ？」

同僚で同性とはいえ、付き合っている仲だ。ぽっかり空いてできた休日に、湯を楽しむのはなにも間違いではない。認めたくはないけれど、塚原の言うとおり『とりあえず否定しとこう』などという、消極的な心の表れにすぎない。

「まさか、真っ直ぐ家に帰って休息時間にする気ですか」

「そういうわけじゃないけど……」

「俺の部屋の鍵だって、まだ一度も使ってくれてないし？」

今その話を持ち出すところじゃないだろうと思ったものの、もらった合鍵が未使用なのは事実だ。

六月の終わりに逮捕者を多数出した今心会とエリミ製薬の一件は、その後も取調べに追われて後処理が続いた。マークしていたほかの組の動きも加わり、八月に入ってからもこのとおり慌ただしさに変わりはない。

結局、非番も合わず、塚原は田舎の退院したばかりの母親に一人で会いに行った。たまの息子の帰郷だ。他人が一緒よりも、親子水入らずでよかったと思うけれど。

「忙しかったしな」

「まぁ、予感はしてましたけどね……同居への布石のはずが、小石一つ分も前に進まないなんて」

「ふ、布石なんかじゃない。おまえがしつこいから、鍵だけは受け取ったんだ」

「しつこくしても受け取ろうとしなかったくせに。それに、あんときはそんな雰囲気じゃなかったっすよ。もっとこう、しおらしい感じで、映視さんのレアなデレをいただきってなもので」

「へぇ、そりゃあよかったな。レアなら、向こうしばらくもう巡ってこないかもな」

「どんだけ周期の長い惑星ですか。彗星すっか、あんたは……」

ドアハンドルに手をかけながら顔を起こせば、じっと見つめる男と目が合う。男前も台無しの、縋る犬のような眼差しだ。

「……おまえ、必死すぎて目が怖いんだよ」

「必死にもなりますって。映視さんと温泉でしっぽりなんて、この機を逃したら向こう何年あるかどうか……いや、何十年？」

——人を彗星と決めつけているのはどっちだ。

本名は呆れつつも表情を緩ませる。

ふっと笑いを零した。

「いいから、早く車の鍵をかけろ。開けっ放しだ。泊まってくんだろう?」

宿は元々張り込みのために押さえてはいたが、向かうにはまだ早い。重い荷物は車に残し、町を散策することにした。

天頂に向けて昇り続ける太陽は夏らしくギラギラと頑張っているけれど、路肩に張り出した樹木のおかげで日射しは優しい。街路樹などではない天然の日除けだ。

さわさわとした葉擦れの音なんて、聞くのはいつ以来だろう。塚原の田舎も山裾の穏やかな町だったけれど、これほど深い緑に囲まれるのは、ちょっと記憶にないほど久しぶりだ。

空気も美味しく、本名はつい深呼吸を繰り返した。

少し遅れて歩く塚原も、伸びをしたりしている。

「俺、老後はこんなところに住みたいんですよね~。事件なんて滅多に起こらない田舎でのんびり。野菜育てたり川で釣りやったりして、自給自足みたいな?」

「いいんじゃないか。俺は退職したら、警備の仕事でもやろうかと思ってる。足腰動くうちはどこか雇ってくれんだろ」

「映視さん、勤勉なのは結構だけど、それって何気に俺を牽制してません?」

「え？」

「この景色のどこに警備が必要な建物があるっていうんです？　俺は田舎で、映視さんは都会に残ってって、まるきり別居設定じゃないすか！」

「あ……」

それほど深く考えていなかった。

何十年も先の話だ。宝くじの使い道を考えるに等しい。けれど、宝くじであっても塚原の思い描く未来には、自分も組み込まれているらしい。

「『あ』じゃないすよ、もう。ホント、どこにいてもブレない人だな……」

ある意味いつもどおりな会話に塚原は苦笑い、言い終えないうちに前方で声が響いた。

「ドロボーっっ‼」

老人が、曲がった腰を橋の欄干（らんかん）にもたせるようにして叫んでいる。川沿いの道には足早によぎる男がいた。振り返りもせず、角を曲がって消えるところだ。

若い男だ。サングラスをかけ、黒いシャツに黒いハーフパンツ。肩にかけた大きめのバッグも黒と、黒ずくめだ。

「お婆ちゃん、危ないっ！」

身を乗り出す老人に、塚原が慌てて駆け寄った。随分無理をして追いかけてきたのか、息も絶え絶え、地獄に仏とばかりに細い腕はそのまま縋（すが）りつく。

「どっ、泥棒だよっ！　あっ、あん人に、カバンを盗られたんだっ！」

犯罪など滅多にないはずの田舎町で、小一時間と経たないうちに窃盗犯に遭遇。

ある意味、こちらもいつもどおりだった。


塚原が老人を介抱している間に本名は容疑者を追ったが、どこへ消えたか道の先に姿はもう見当たらなかった。

戻って老人の話を聞きつつ、近くにあるという駐在所に向かっていたところ、タイミングよく自転車の警察官が通りがかった。若い制服警官だ。すぐに町の主な施設にも確認を入れてくれ、土産物屋にそれらしき男がいるとの情報を得た。

町一番のスーパーでもあり、住民たちの生活に密着した土産物センターだ。日曜日だけあり、客の姿も少なくない。道の駅のような平屋の大きな建物で、複数ある出入り口の一つを見張る役割を本名と塚原は買って出た。

ダンボールの積まれたカートの陰にさり気なく身を潜ませる。張り込みならお手のもの——妙に馴染んだ状況に、正直温泉に浸かるよりホッとする。

いつもと勝手が違うのは、相手が窃盗犯なことくらいか。

出入り口のガラスの扉をじっと見据えたまま、本名は同じく隣で息を潜める男に声をかけた。

「塚原」

「なんです」

「やっぱり素直に東京に戻ったほうがよかったんじゃないか？　おまえ的には……」

張り込み中、無駄口の多い男の口数がやけに少ない。

何気なく様子を窺い、ぎょっとなった。

「ちょっ……おまえ、目が哀しすぎるよ」

「そりゃ哀愁も漂いますって。自分らがこうも犯罪に好かれているとは、知りませんでしたよ」

「『自分ら』って、俺まで一緒にするな……」

一纏（ひとまと）めにされたことに抗議をしようとしたところ、勢いよく出入り口の扉が開いた。

「すみません、もうここにはいないようです！」

先ほどの警察官の男だ。

「中の店で土産物服を買ってました。どうも着替えて出て行ったようで」

「変装ですか？」

「変装というか……こういう服の男、見かけてませんか？」

「これはまた……」

「見てたら、絶対覚えてますね」

息を飲んだ本名の気持ちを、塚原が代弁する。

警察官がハンガーのまま掲げているのは、百メートル先でも認識できそうな黄色いアロハシャツだった。個性的なパイナップル柄。清廉(せいれん)さを表すブルーシャツの警察官の制服の横には、並べることさえ違和感がある。

「ご協力いただいたのに、すみません」

制服警官は吉住(よしずみ)と名乗った。

全国どこにでも警察官はいる。街には警察署に派出所、田舎には駐在所だ。人口に比例して地区を管轄(かんかつ)する人数が少ないというだけでなく、駐在所には警察官が住み込みで詰めている。

特に決まりがあるわけではないが、定年間際のベテランか、逆に若手が多い。この町は後者らしく、吉住は警察学校を出たばかりと言われても納得するほど若かった。

「あ、俺たちは……」

成り行きで一般市民を巻き込んだと思っている様子の男に、本名が身分を明かそうとすると、アスファルトにガラガラという音がけたたましく響いた。

「泥棒は捕まったのかい⁉」

杖(つえ)代わりにショッピングカートを押してやって来たのは、近くで様子を窺っていた老人だ。

「いえ、まだ……」

「駐在さん、頼むよ！　あれには、命より大切なものが入ってるって言ってんだろ！」

老人の話によると、屋根のあるバス停で休んでいたところ、ベンチに置いた黒いナイロン地のボストンバッグを置き引きされたそうだ。

「スミ江さん、命より大切なものとは具体的になんですか？」

「それはあれだよ……」

老人は言葉に詰まった。

名称が出てこないのかと思いきや、貴重品の類いではないのか、言葉を濁すように続ける。

「あんたに言っても始まらないよ。命より大切なもんは、命より大切なもんだ。取り戻してくれたら、すぐ判る」

基本、駐在所に居住して地域の安全を守る『お巡りさん』は、住民との関係も密接だ。『スミ江さん』と吉住も顔見知りのようだが、孫ほどに年が離れた警察官では頼りないのか、老人の様子はとても信頼しているとは言いがたい。

「スミ江さん……」

「いいから、頼んだよ！　早く捕まえとくれよ？」

「……判りました。見つかったらお知らせしますから、連絡がつくようにしておいてください」

「今から息子んとこに行く」

「洋一さんのところですね」

家族構成も把握しているのか。

交番勤務の経験はあるといっても、所詮都会の派出所までで、住民のすべてを把握する必要などなかった本名は、それだけで感心する。

「本名さん、ちょっと」

老人が去るのを待って今度こそ身分に触れるつもりだった本名は、突然くいと塚原に腕を引かれた。

耳打ちされ、急に密談が始まる。

「素性を明かす必要はないでしょ」

「なんで？」

「俺たち、今は非番ですよ」

面倒なことになると言いたげだ。

たしかに、警視庁の組対の刑事と明かせば、町を訪ねた理由にも触れざるを得なくなる。

『今日は大きな薬物取引の情報が入ってきたんだけど、中止になったんでまた日を改めますね』

なんて言っては、長閑な町の空気まで一変する。

チラと仰いで確認した表情を見るに、塚原にとっての憂いはなにより休暇が損なわれることのようだけれど。

「お二人は観光ですか？」

身を戻すと、にこやかに吉住は話しかけてきた。

「ええ、まぁ……急に休みができたので、一泊どうかって話になりまして」

「そうですか。失礼ですが、ご兄弟でもご友人でもなさそうですが……」

制服を脱いでしまえば警察官には見えない、温厚そうな眼鏡をかけた男だが、なかなかの洞察力だ。会話の空気からそう察したのだろう。

「職場の同僚で」

「先輩後輩みたいなもんです」

畳みかける二人の反応は、不信感を煽っただけだ。男は少し黙りこくったのち、声のトーンを落として問う。

「職場のって……もしかして、建設会社の方ですか？」

「えっ？」

「いや、この辺じゃ大規模な開発の調査は警戒されてますからね。スーツや作業着を避けて来られたのかと」

開発は発展という地域の希望になる一方、環境破壊にも繋がる。直接的な恩恵も得られず、デメリットの多い農業や林業で生計を立てる者ほど否定的だ。

「あー、いやまぁ、そんなところといいますか……」

捜査に関わるとなれば出まかせも並べられる本名だが、本当は嘘をつくのは苦手だ。相手が身内とも言える警察官ならなおさら。

「駐在だって似たようなものですよ」

言葉を濁すと、吉住のほうからまたフォローをくれた。

「所詮、余所者という意識は持たれますからね。定期的な異動もありますし。数年変わらないこともあるんですが、お年寄りには一瞬のようです。腰掛けのようにコロコロと人が変わるって、いつも言われてまして」

単にフォローと受け止めるには、真に迫っている。

普通の仕事でも、社会に出て間もないうちに縁もゆかりもない田舎へ飛ばされればストレスだ。まして、住人を守る立場とは気苦労は計り知れない。

「では、僕はこれで失礼します。近くを当たりますので」

建物の陰に停めた白い塗装の警ら自転車に跨り、吉住はぐいぐいと漕ぎだす。

坂道も多い山間の町だ。酷使されているのか自転車はキイキイと軋んで、奇怪な鳥の鳴き声のような音を立てた。


「混んでますね~。まぁ、マップだけもらえばいっか」

塚原の何気ない一言に、本名はぎょっとなった。

吉住と別れた後は、一番に観光案内所へ寄った。カウンター前にいるのは家族連れ一組だけれど、元気な子供たちのはしゃぎっぷりに、小さなログハウス風の建物はいっぱいになったかのような錯覚を起こす。

「まさか、おまえ本当に観光案内目当てで寄ったのか？」

「やっぱ旅の起点はここで決まりでしょ」

カウンターの端に積まれた地図やイベント情報のチラシを物色する男は、しれっと応えた。

「俺らは旅行に来たわけじゃ……」

本名は言いかけ、予定が変わったのを思い出す。

「……そうだった、旅行だった」

「はい」

振り返る塚原がなんとも嬉しげな顔をするので、どうにも居心地が悪い。傍では係の女性に何事か求めていた父親が、騒がしい幼い子供二人に注意を飛ばしながら、カウンターにどさりと黒いバッグを置いた。

荷物の一時預かりか。黒いバッグなんて、なんの変哲もなさすぎてどこでも見かける。

「黒って目立たない色だよな。なんでアロハなんだ」

案内所を出たところで、本名はぼそりと口にした。

「え？」

「さっきの犯人だよ。目くらましに着替えるにしても、もっと目立たない服を選べばいいだろう？　せっかく鞄も特徴のない黒だってのに、派手なシャツに着替えたんじゃ。見つけてくださいってなもんで……つか、なんでアロハが売ってるんだ？」

南の島どころか、海からも遠い内陸の温泉地にそぐわない。

「夏だからじゃないすか～」

「季節感しか合ってねぇし」

「映視さんは細かいこと気にしすぎですって」

「おまえは気にしなさすぎだ」

それでも捜査に関しては慎重で、ときに本名以上に些細な動きも見逃さないはずの男は、今は観光案内マップを見ることに集中している。

フリーハンドで町並みの描かれた、手作り感溢れる二色刷りの地図だ。本名のほうへ差し出しながら、塚原は指で示した。

「近いし、まずはここの足湯にでも行きますか。隣接の食堂はやまめ料理がオススメらしいですよ」

どこにもそんなことが書いてあるようには見えないし、さっきから携帯を弄っているようにも見えなかったが、一体塚原の情報収集力はどうなっているのか。

「のん気に足湯に浸かってメシ食ってる場合じゃ……って、旅行だったな」

「ええ、温泉旅行です」

度々忘れそうになる本名に対し、声は念押しする。

どうにも勝手が違いすぎる。揚々（ようよう）と勾配（こうばい）もある坂を上って歩き出す塚原に、本名もついて歩きながらも、非番気分には浸（ひた）りきれない。未練がましく言った。

「なぁ、やっぱ聞き込みくらいしねぇか？　事件に遭遇しといて、無視はできないっていうか」

「管轄って言葉、知ってます？」

「え？」

「日頃は捜査効率の悪さをぼやくくらい、縄張りに気ぃつかってんのに。窃盗なら大した事件でもないし、本店の優秀なデカなら首突っ込んでもＯＫって感じすか？」

「べっ、べつにそういうわけじゃ……」

事件の大小で軽（かろ）んじるつもりは毛頭（もうとう）ない。

狼狽（ろうばい）させられた本名に対し、賑（にぎ）やかに蟬（せみ）の鳴く木々の下で、くるりと身をこちらへ反転させた塚原は飄々（ひょうひょう）と応えた。

「なんて、今のは建前ですけどね」

「はっ？」

「できれば線引きしときたいってのが本音だけど、映視さんがそうもいかない性分なのは知ってますからね。何年付き合いあると思ってるんすか」

考えをすっかり読まれている。

「まぁ、うろついてる間に、犯人にばったり遭遇するかもしれませんしね」

「どこの窃盗犯が、逃亡がてら足湯に浸かるんだよ」

腑抜(ふぬ)けた会話に呆れるも、温泉がてら薬物取引をしようとするヤクザがいるくらいだ。足湯がてら置き引きをする不届き者がいても、不思議はないのかもしれなかった。


「パイナップル柄のアロハシャツですよ!?」

驚きに本名の声は大きくなり、足を浸けた湯までチャプリと鳴らした。

辿り着いた足湯は誰でも気軽に楽しめる開放的な作りで、やって来た掃除の女性に尋ねたところ、件(くだん)の男の姿を見かけたという。

「ええ、いわかわセンターに長いことたくさん売れ残ってるシャツなので見間違えようもないです。あんなの誰が買うんだろうねって、ほかの人とも話してたくらいで」

男は特に変わった様子もなく、一人で十分ほど足湯を楽しんで行ったらしい。湯に足を浸けるだけの行為に十分は、充分のんびりしていったと言えるだろう。

思いがけず得た情報に、本名がざばっと湯から足を出そうとすると、塚原に膝を押して戻された。

「百、数えてください」

「え?」

「子供の頃、すぐに湯船から出ようとすると、親にそう言われませんでした？　今慌てても、ここにパイナップル野郎はいませんよ」

立ち寄ったのは一時間ほど前の話だ。

落ち着かず、浮かせそうになる足をどうにか底まで戻す。ツボ押し効果を狙ってか、丸い石が無数に埋め込まれており、足裏にゴツゴツと当たるのを感じた。

「おまえは随分落ち着いてるな」

「そんなことないですよ。ガキんときから、じっと入ってるのが苦手で、今もカラスの行水になりそうなときは、頭の中で数えてるし」

風呂の話ではなかったけれど、温まってくるとすぐに上がってしまいそうになる気持ちは本名も判る。確かに子供の頃に、一緒に入っていた父親にも言われた。

塚原に言ったのも、もしかして——

家族については、病院を見舞った際に本名も母親からいろいろと知らされたけれど、相変わらず自分からはなにも話そうとしない男だ。

「なんにもしないで時間が経つなんて、映視さんと入ってるときくらいですよ」

じっと隣を見つめれば、茶化すような言葉が返ってきた。

足湯の後、早めの昼を取った。

店長もオススメのやまめ料理の定食を食べて、腹ごなしに周辺をお散歩。町はずれの小さな郷土資料館を目指した。古い町役場を改装したちょっとレトロな佇(たたず)まいの資料館で町の歴史に触れると、景色もさっきまでと違って見える――

なんて、どこぞのガイドブックのモデルコースにでもなりそうな観光を、気づけば塚原としていた。

有り得ない。いろいろな意味合いで。

「本当にパイナップル柄のシャツの男が?」

八百屋の店番らしき高校生くらいの女の子は、本名の問いに大きく頷く。八百屋なのになぜか店先でソフトクリームを売っている。田舎はなんでもありか。

「うん、バニラと迷いに迷って、『うちのサツマイモソフトは収穫から二ヵ月寝かせた、熟成芋(いも)ソフトだ』って言ったら、そっちにするって。あと、ＪＫなら写真撮らせてってって」

「写真って……なにやってんだ、そいつ」

甘味(かんみ)を堪能(たんのう)し、女子高生の店番と記念撮影。

「泥棒の癖に、観光楽しんでやがる」

逃げも隠れもせず、こうまで堂々と町を巡るとは。追われていることに気がついてないか、舐(な)められてるかのどちらかだ。

おかげで幸か不幸か、塚原の選んだ観光のいく先々で男の目撃情報も飛び出す。

「美味しいですよ、芋ソフト。この辺ってサツマイモ穫れるんでしたっけ？」

塚原はテイクアウトで購入したソフトクリームを手にしていた。

「って、おまえはなんで食べてんだよ」

「ただで話だけ聞くわけにもいかないでしょ。手帳も見せてないのに、協力してもらってんだから。コンビニでトイレ借りたら缶コーヒーの一本でも買うもんだし、八百屋で聞き込みしたらソフトクリーム買うのが……」

「判った、もう判ったから、早く食え！　垂れてきてるぞっ！」

「えっ、どこっ⁉」

「そこだ、指んとこっ！」

「指って、ほとんど指で持ってんすけどっ！」

真夏の午後。あっという間に溶け出したソフトは、塚原の指を濡らした。

見るからに「ああっ」という表情を浮かべた男に、思わず本名は笑った。ティッシュくらいは持っているけれど、その前にソフトへ顔を近づける。

身を傾けて、崩れる甘いデザートをれろっと舐めた。煙草を吸う際にもらい火をしたことは何度かあるけれど、もらいソフトクリームとは、健康的な一日になったものだ。

「なんだ、手のほうを舐めてくれるんじゃないんですか」

塚原は心底残念そうな声で言う。

「せっかくドキッとしたのに。鼓動の打ち損です」

「ば、バカ、なにもなくても心臓は動いてんだろ。なんで俺がおまえの手を舐めなきゃならないんだよ、汚い」

正直すぎる反応を零せば、残念を通り越したむっとした声が返ってくる。

「ひどいな。それ、恋人に言う言葉ですか」

「おまえ、その手で小銭出してたろ」

「手を洗ったら舐めてくれるんすか」

「いや」

「即答って。せめてちょっと迷うくらい……迷う振りくらいしてくださいよ」

「振りでいいのか、妥協したもんだな……って、いいからほら、また垂れてきたっ！」

なんで自分がと思いつつも、待ったなしの雪崩に持ち主が急ごうとしないので、本名がソフトをまた舐めた。

餌付けでもしている気分か、塚原はなんだか妙に嬉しそうに見ている。

「いいな。ソフトクリームって、デートって感じですよね」

そんな腑抜けたことまで言い出した。

ソフトも甘いが、塚原もスイッチが入ると甘い男だ。余計なことを言うから、学生時代の女の子との初デートでもソフトクリームを食べたのを思い出してしまった。大昔の話だ。

ミンミンと蟬が鳴く。ジージーと空気が騒がしい。午前中とは声が違うように感じられるのは、種類の違いか。

「あそこで手を洗ってくか?」

ソフトは歩きながら食べ終えたけれど、少し先へ行くと公園に手洗い場があった。

町民向けの素朴な公園だ。日曜だというのに子供の姿はなく、塗りの剝げかけた遊具は寂れた感じが否めないが、眺めはいい。公園は高台にあり、眼下の道沿いに広がる田んぼはまだ青く眩しい。

塚原は動物を模した石造りの手洗い場に向かい、本名は傍らの木陰に立って、その姿を眺めた。

パオーンと鼻を掲げた象の前で手を洗っていても、男前は男前のままだ。今日はスーツではなく、シンプルな半袖のネイビーのTシャツなのも、逆にスタイルのよさを際立たせている。

長身だけでも世の中の男共は羨むだろうに、顔立ちまでもが精悍ときた。

「物好きだよな」

本名はぽろりと零す。

「なにがです?」

「おまえのことだよ」

「だから、俺のなにが？」

答えはあったけれど、言わなかった。

聞かせたいわけじゃない。

変わってるとはよく思うし、たまにおかしいんじゃないかとさえ感じる。

自分に飽きもせず好意を寄せ続ける男。女を侍らせるのがお似合いの、モテて当然の男なくせして。異性に興味がないのは仕方ないとしても、塚原なら同性にだって惚れられるに違いない。

なのに、年上で小言も多い面倒くさい自分がいいなんて。

おかしいを通り越して、マゾなんじゃゃ——

蛇口をきゅっと締める音に我に返った。眩しく太陽の光を反射していた水が途切れたかと思うと、突然足早にこちらへ近づいてくる男にドキリとなる。

「え……」

構える間もなく、背後の幹に体を押しつけられた。

「ちょっ……なに…っ……？」

「しっ、静かに」

そんな耳打ちをされても、覆い被さられて迫られたとあっては、騒がしくならないはずもない。

主に、本名の胸のほうが。吹きつける風に揺れる緑のようにざわざわとなる。

「か、一頼……」

「いいから、このまま下向いててください。本名さん、じっとして」

耳元で動く唇は冷静に命じた。

腕の力はさほど強くないにもかかわらず、身動きが取れない。低い声の響きはやけに心地よく、嫌だとは感じられなかった時点で負けなのか。

何分過ぎただろう。人は嫌な状況でなくとも、時が経つのをやけに長く感じることもある。

俯いた視界に映るのは、Vネックのシャツの男の首元。鎖骨の窪みに水滴が浮かんで見えた。

汗なのか、手洗いで跳ねた水なのか。

しょっぱかったら汗。『舐めたら判る』なんてふと考えてしまい、単純明快な妙案に舌を伸ばしたのは、きっと夏の暑さにやられかけていたのだ。

「本名さん?」

ぴくりとなる男と目が合った。

「あ……」

「もう、いいですよ」

「え……なにが?」

「パイナップル男です。そこの土管から出てきたんすけど、もう行きました」

思考がついていかず、一度瞬きしてからバッと振り返った。

男の姿はないが、遊具はある。大人でも入れそうな青い塗りの土管はコンクリート製で、ひんやりした中は一休みにはちょうどよさそうだ。

「嘘だろ」

「嘘なんて言いませんよ。欠伸しながらのそっと出てきてびっくりしましたよ」

「びっくりして逃がしてどうすんだ！」

「こういうときは、イチャつく無害なカップルの振りでやり過ごすってのがセオリーでしょ」

テレビドラマなどで尾行に気づかれそうになった捜査員が、誤魔化すために繰り出すアレか。

「泳がせ捜査じゃあるまいし、ただ見逃しただけじゃないかっ！」

触れ合ったままの体を両手で突っぱねる。

塚原を責められる立場じゃない。男の存在に気づかないほど、自分自身も忘れていた。

本名はもどかしい思いで、道路へ飛び出した。道路といっても、さっきから一台も車は走っておらず、周辺も民家しかないため観光客の姿もない小さな路地だ。

「見逃してませんよ。一本道ですからね。逃げも隠れも……」

「いないぞ？」

「そんなはずは……」

道は確かに真っ直ぐに伸びているが、人影はない。右も左も。逃げ足が速いにもほどがある。

どこか途中の田んぼでも無理矢理過ぎったか。

　二人は慌ただしく坂を下った。この先、下りきってしまえば、ソフトクリームを売っていた八百屋の前まで出る。白くうずを巻いた看板も見えてきたところで、右手の田んぼの緑の中に黄色い色がチラつくのを感じた。

「い、いたっ！」

　興奮して声を弾ませたのも束の間、ぐんぐんと田んぼのあぜ道を戻ってくるパイナップル柄のアロハを着た男の姿に、げっとなる。

　——ちょっと、待て。

　このままでは正面から鉢合わせる。見つけたら吉住に報告するつもりだったが、自ら声をかけて逮捕に踏み切るべきか。

「ほっ、本名さん？」

　男に背を向けた本名は塚原を押しやった。

　蝉の鳴く木々はないから、路肩の色気も素っ気もない電柱へと。ぐいぐいと有無を言わせず押しやり、昂ぶる感情のままに行動するカップルのように抱きついた。

「わ……」

「黙ってろ」

　腕のやりどころが判らず、もぞもぞと身を動かす。本当に恋人同士にもかかわらず、丸めた布団でも相手にしているかのようなぎこちなさは、正面切って本名から抱きついた経験などないからだ。

道端でイチャついたことなど、当然ない。

塚原のほうも驚きに身を硬くしていた。

「行ったか？」

そっと男の様子を問う。

「いや、立ち止まってます」

「……なにやってるんだ？」

「メッチャこっち見てます」

「……なんで？」

思わず小首でも傾げそうに問い返した。

「見えてるからじゃないですかね。俺のほうが身長高いし」

確かに同じ抱き合うのでも、背を向けるのが塚原と自分では違う。

「カップルの振りは、男女に見せることがキモなんです。男同士だとほら、目立っちゃうんで」

「今時ゲイなんて珍しくもないだろ」

「まぁ、二丁目辺りならともかく、田舎ですからねぇ」

どことなく悠長な声を響かせる塚原が、この状態を楽しんでいるように思えるのは気のせいか。『役得です』なんて言われたら蹴っ飛ばしていただろうけれど、どうにも身動き取れないまま、変な汗が出てきた。

ガン見するほどのことか、とっとと行きやがれ——

祈るように思った瞬間、音が聞こえた。

キイキイと怪鳥でも鳴くような異質な音だ。次第に大きくなり、近づいてくる。慌てて周囲を見回せば、田んぼの向こうの道を自転車で行く男の青い制服の色が見えた。

本名は声の限りに叫んだ。

「お巡りさん、こっちです‼」


「だから、俺は関係ねぇんだって！」

何度目だか判らない男の声が、小さな駐在所をいっぱいにするように響いた。

公園の土管に件のバッグを忘れ、慌てて戻ろうとしたところを捕らえられた男は下田と名乗った。

駐在所で吉住に座らされたのは、定番の灰色の事務机ではなくカントリー調のテーブルだ。町民の寄贈品だろうか。同じく木製の長椅子にはパッチワークの座布団が並び、なんともアットホームな雰囲気を醸し出している。

普段、ここで住民たちの相談事や愚痴を聞いたりもするのだろう。

敷居の高さが緩和されてか、犯人確保に貢献した手柄からか、本名と塚原の二人も追い出されずにその場にいた。

「俺は犯人じゃねぇ‼」

テーブルの周囲を男三人に囲まれ、下田は主張する。

「なんも盗んでねぇし、これは俺のバッグだ。なんべんも言ってんだろうがっ！」

「でしたら、鞄の中身を見せてください。それではっきりするんですよ？」

「だからそれは……頼まれもんだから」

吉住に求められる度、歯切れも悪く口ごもる。

「親父の忘れ物を旅館に取りに来ただけなんだって。夕方まで時間できたから、ついでに観光して帰るかって……なんだよ、俺が観光しちゃ悪いのかよ？」

厳ついサングラスを外すとつぶらな目をした男は、黄色いシャツの胸元にバッグを強く引き寄せた。強硬な手段に出るしかなさそうに見えたそのとき、開け放しの入り口からひょっこり老人が姿を現した。

「見つかったって本当かい⁉」

吉住が電話で呼び寄せたのだ。

入るや否やバッグに目を向けると、男の腕から取り上げようとした。もっと若ければ、自ら取り返したやもしれない勇ましさだ。

「これは私んだよっ！」

「なに言ってんだ、ババアっ！」

「チャックに孫のイニサルも入ってるじゃないか！」

「はぁっ、いにさる？」

イニシャルと言いたいのだろう。

「孫が使わなくなったカバンをもらったんでね。キタムラユリアだよ。ケーワイって入ってんだろ、ケーワイって、ここんとこ」

断定しながらも自分は老眼で見えないのか、吉住にファスナーの引き手の部分を確認するように促す。小さなメダルのようなチャームにイニシャルが刻印されていた。

「あ、本当だ。入ってます。Y・Kだけど」

「嘘だろっ、なんでっ⁉」

「バス停の椅子に置いたのをあんたが盗んだからだよ！」

「俺はただ自分のバッグを……」

頭でも叩きかねない老人の勢いに身を仰け反らせつつ、記憶を辿る男は「あっ」と声を上げた。

「俺、足元のほうに置いたかも……」

「スミ江さん、中身を確認してもらえますか?」

黒いボストンバッグは机に置く際もゴトリと音を立て、なかなかの重量のようだ。呆然となる下田の前でファスナーが開かれ、覗き込む面々の中心で金色のものが現れた。

立派な大きさで、手に持つとずしりと重たい。表面はゴツゴツしており赤紫色だが、熱して割った中は金色とも表され、ホクホクとした食感が美味しいアレだ。

家庭で蒸かすのもいいが、ベストは石焼き。

「さつまいも……」

「これだよっ、やっぱ私のカバンだよっ!」

「こ、これなんですか?」

本名は口にこそしなかったが、吉住の反応に大いに同感である。

「命より大事なものだったんじゃ……」

「なんだい、芋は金めのものじゃないって言いたいのかいっ⁉ だから都会の人間には言いたくなかったんだよ。種芋の価値なんて、わかりゃしねぇんだから」

老人は「ほらみろ」と言いたげだ。

「種芋……」

「そうだよ。これがあるから、次の立派な芋が育つんだよ」

「すみません、それは失礼いたしました。いや、どんなものであっても大事なものは大事ですけど……スミ江さんとこの芋は絶品ですからね」

吉住は眼鏡のフレームを押し上げながら詫び、『スミ江さん』は満更でもなさそうな顔になった。

「そ、そうかい？」

「ええ、店番の友莉亜ちゃんが作ってくれるソフトクリームも美味しいですよ」

言葉に力が籠もるのは、本心だからだろう。

それにしても、ソフトクリームとは——

「たしかに美味しかったですね、あの芋ソフトは」

塚原が隣で相槌を打つ。女子高生の店番が、孫だったとはだ。世間は意外に……いや、田舎の温泉町は見た目どおりに狭い。

「おや、男前さん、あんたも食べてくれたのかい」

「ええ、彼も一緒に」

『男前』と呼ばれた塚原は、断りもなく本名を話に巻き込んだ。『二人で半分こ』なんて言い出しはしないか、余計なことに緊張感が漲る。

「芋ソフトってあの……待て、俺は本当に盗んでないからな？　つか、俺のバッグはどうしたんだよっ！　この婆さんが盗んだんじゃねぇのか？」

下田はソフトクリーム談義につられそうになりながらも、立場と状況を思い出したらしい。

パッチワークの座布団から尻を浮かせ気味にし、捲し立てる。

「私が盗むわけないだろ！　あんたのカバンは見てもねぇし！」

収束しかけた言い争いが第二ラウンドだ。

割って入ったのは吉住でも本名たちでもなく、入り口に立っていた女性だった。

「あのぉ……お取り込みのところすみません」

　いつからそこに立っていたのか。

「そろそろいいですか？」といった調子で声をかけてきたのは、髪を一括りにした三十歳前後の女性だ。地味なブラウスにロングスカート。関係者はすでに出揃っていたはずが、本名は彼女にも見覚えがあった。

　彼女が両手で提げたものにも。

「観光案内所に忘れ物が届いてまして」

「あ……」

「俺のバッグ!!」

「バス停のベンチの下にあったそうです。今朝、家族連れの方がわざわざ届けてくださって。何度もこちらを訪ねたんですけど、駐在さんいらっしゃらなかったので預かってたんです」

　よく似た黒いバッグが二つ揃った。

　吉住が一言で皆の思いを整理する。

「鞄の取り違えのようですね」

状況を理解しつつも、お尋ね者扱いだった下田だけが納得できない様子だ。

「だから俺はなんもしてねぇって言っただろうが。人を泥棒呼ばわりしやがって」

「すみません、確認できなかったもので」

「『すみません』ですめば警察はいらねぇんだよ」

「とにかく、あなたも中身を確認してもらえますか?」

「……え」

『オトシマエつけろ』とでも警察官に言い出しかねない男は、急に萎(しぼ)んだ。「それはちょっと」と声も態度も小さくなる。

まずは自分だけで中身を見ると言い出した。犯人扱いの負い目もあってか、吉住は女性から受け取り差し出す。

「おう、それでいい」

種芋と同じく重たそうなバッグ。立ち上がった下田は一抱えにして、壁際に向かおうとした。するっと出入り口へ突進することも可能な位置だ。

さり気なく退路を塞(ふさ)ごうとする本名は、抱えた男の二の腕に目を留めた。軽薄なパイナップル柄のシャツが僅(わず)かに捲(まく)れ、中の肌が覗く。

袖口から数ミリほど覗いた色。

刺青だ。今夜、この町で催される予定だったイベントと結びつければ、中身を改める必要があるのは明白だった。

「塚原」

「はい」

軽く名を呼べば、それだけで判ったようだ。

いや、自分が口を開く前から塚原も気づいていただろう。

仕方がない。休暇はここで終わりだ。

本名はコットンパンツの後ろポケットを探った。すぐに開けさせるにはこれしかない。警察手帳を出そうとして、毅然と響いた声に手を後ろへ回したまま動きを止める。

「鞄を机に戻してください」

言い放ったのは吉住だ。

下田はおそらく警戒し、そちら側の袖は捲れないよう意識していたにもかかわらず、吉住は人が変わったように強い態度に出た。

「やはり中身はここで確かめてください。このテーブルの上で」

「だから、これは元々俺のっ……親父にも勝手に開けんなって言われてんだよっ！」

「忘れ物なら、こちらで先に確認する必要があります。できなければ、お渡しは不可能です」

男の一連の動きに、吉住は不審なものを感じたのか。

下田は渋々、バッグをテーブルに戻した。恐る恐るのように、皆の前でゆっくりとファスナーを開く。

鬼が出るか蛇が出るかというやつだ。その場にいる誰もが固唾を飲んで見守り、そしてずしりと重たいものを手にした下田は、拍子抜けした声を上げた。

「なんだこりゃっ?」

芋だ。

老人のバッグと同じ、サツマイモ。

間違えるのも無理はない。見た目だけでも取り違えが起こり得るところに、中身までもがそっくりそのまま——

「その芋、私の芋じゃないかい?」

「そんなわけあるか、ババア」

「いや、間違いないよ。三日前にいわかわセンターに卸したやつだよ。試し掘りしたら、今年はもういい具合に成長してたんで出荷したんだ。ほら、顔見りゃ判る」

老人はサツマイモを覗き込む。

「顔って……婆さん、あんたすげぇな」

有り得ない出来事の連続に、感心したように下田は言った。

一つ一つ芋もバッグの底も代わる代わるに確認したが、不審なところはない。

「どういうことだ？　親父が土産に買ったってことなのか？　つか、大事なものだって言われてわざわざ取りに来させられたのに……」

『ひでぇよ』と言いたげな表情で意気消沈した男は、椅子に腰を戻す。

「大事なものじゃないのか？　そうまでして欲しいものなら、なんでも大事なものだろう」

芋でもひどく気に入れば大切なものに違いない。

ポンと肩こそ叩いたりしなかったけれど、塚原が宥めるように言葉にした。


受け取りの書類に記入した下田は、不服そうにしつつも、サツマイモの入ったバッグをしっかりと携えて帰って行った。

駐在所の前で、皆別れる。いつの間にか空は夕焼けに変わろうとしていて、観光客も町民も家に戻っていく時刻だ。

老人は帰る間際にぼそりと愚痴を零した。

「あんたが駐在所にいてくれさえしたら、忘れもんもすぐ受け取れて、解決したかもしれねぇのに」

「どういう意味です？」

反応したのは、言われた吉住ではなく本名だった。

「どうって……まんま、言葉どおりの意味だよ」

「彼はずっとスミ江さんのバッグを見つけるために、方々駆けずり回ってくれてたんですよ？」

見ていたわけではないが、つい断定的になる。

あの音を聞けば、それくらい想像がつく。

今は怪鳥のような鳴き声も上げず、駐在所の入口脇に静かに停め置かれている警ら自転車。整備も追いつかないほど酷使されているのは、それだけ彼が勤勉に町内をいつも走り回っている証しだろう。

「本名さん……」

傍らで吉住は驚いたように目を瞠らせ、本名は続けた。

「それに、吉住さんはきっと若くても優秀な警察官のはずです。無能じゃあ、この町には派遣されませんからね」

「どうしてだい？　こんな遠くに飛ばされてきたんだよ？」

「優秀じゃないと、一人勤務なんて任せられませんよ。なにかあったときも、上の指示を仰がずに自分で対処できるだけの、決断力と責任感が求められるのが駐在所です。頼りにならないような奴は、街中の大勢の職員がいる派出所ですよ」

「へぇ……なるほどねぇ。たしかに店番はあてにならない子には任せられねぇけども」

「あ、交番の警察官が無能ってわけじゃないですからね？　こう見えて、駐在所ってのは人気だってあるんです。志願しても行けるとは限らないくらいで……」

ようやく理解を示してくれた老人に、身内の名誉を守ろうとする本名はつい熱心に語りすぎた。

小柄な老人は、本名の胸元にも満たない位置からじいっと仰ぎ見る。

「あんた、やけに詳しくないかい？」

余計な疑いを招いたらしい。内心狼狽える本名の背後から、しれっと言い訳を繰り出したのは塚原だ。

「って、ドラマの『片棒』で言ってました」

渡りに船。本名も慌てて乗っかり、うんうんと頷く。

「そうなんです、近頃のドラマはいろいろ勉強になりますねぇ。ははっ」

「『片棒』は私も観てるけど、そんな話あったかね……」

疑いはあまり晴れていないものの、吉住が話を終わらせてくれた。

「スミ江さん、やっぱり家まで送りましょうか？」

「いいって言ってんだろ、年寄り扱いするんじゃないよ」

相変わらず手厳しいながらも、『よっ』と声を上げて黒いバッグを肩にかけ直す老人は彼に言った。

「それに……駐在さんを独り占めするわけにもいかないようだしね。あんた、岩川でただ一人のお巡りさんなんだから。じゃ、世話になったね」

ひらひらと手を振り去っていく。小さな老人の後ろ姿は、思いのほか足早に遠ざかっていき、本名のほうへ吉住は向き直った。

「ありがとうございます。庇(かば)ってくださって」

「いや、べつに庇ったわけじゃ……」

「有能かどうかは判りませんが、僕は口は固いほうです」

「え?」

「お二人のことは、もちろん口外しませんから」

本当に真面目で真っ直ぐな男なのだろう。言葉も見つめる視線も力強くて、後ろ暗いところのある身では逆にギクリとさせられた。

警察のお仲間だと、ついにバレたのかと焦った。

「い、いや、べつに隠していたわけじゃ……」

「愛する人がいるというのは素晴らしいことです」

「えっ?」

「性別なんて関係ありませんよ。僕はお二人を応援しますから、ご旅行どうぞ楽しまれてください」

「ええっ、いや待ってくださいよ。僕と彼はなんでも……あっ、道端で抱き合ってたのはフェイクですから！　ほら、尾行に気づかれそうになったらイチャつく無害なカップルの振りするアレですよ、アレ！　『片棒』でもやってませんでした⁉」

忙しくてテレビに疎い本名はよく知らないながらも、必死の形相になる。

吉住は最後まで笑顔だった。

ニコニコと市民の幸せを見守る優しい顔をして、二人を送り出した。

「ご協力ありがとうございました。岩川でたくさん良い思い出を作ってくださいね」


カアカアとカラスも鳴いてお家へ帰る空の下、本名と塚原は旅館へ移動すべく、車を停めた駐車場へ向かった。

「狼狽える映視さん、貴重です」

よせばいいのに、塚原は無邪気に言ってくれる。まるで危ないものでも突いてみたくなる子供だ。

「貴重ですむか。なに他人事みたいに冷静になってんだよ、おまえは。これで警察官だってバレたら終わりだ」

本当にこの世の終わりでも迫ったかのように、路地を歩く本名の表情は強張っていた。

「えっ、どうしてです？」

「おまえとの関係、知られたんだぞ。本店でばったりなんて、もう絶対許されない」

「事実付き合ってるんだし、俺はべつに構いませんけどねぇ。それに彼、案外身分のほうも気づいてたりして」

「はっ？」

「だって、俺らを追い出さずに駐在所にいさせてくれたでしょ」

「それは協力したから……」

「感謝状の一枚も贈る気あるなら、身元くらい確かめないと」

実は本名にも気になるところはあった。

吉住が急に態度を変え、バッグを開けるよう下田に強く求めたのは、自分らが色めき立ったからじゃないかなんて——

「だとしたら、とんだ食わせ者だ。駐在や派出所で終わるようなタマじゃ……いやいや、だから本部にこられたら困るんだって！」

「いいじゃないですか、口は固いそうだし」

飄々(ひょうひょう)と応える塚原こそ、相変わらずの食わせ者だ。

今になって気になることがある。

「おまえ、まさか……ずっとのん気だったのは、バッグの取り違えに気づいていたのか？」

「なわけないでしょ。ただ、バス停の時刻表は確認しておいただけです」

「時刻表?」

「婆ちゃんと下田のいたバス停、午前中を逃したら夕方までバスないんですよ」

「ゆ、夕方……とんだ田舎だな」

「十時三十五分。話を統合すると、下田がバッグを持って離れたのはこれくらいの時間です。この後すぐの一本が午前中の最後なのに諦めたってことは、夕方まで観光するつもりじゃないかって」

——やっぱり食わせ者だ。

「そこまで判ってんなら言ってくれよ」

「まぁ結果論みたいなもんです。俺は映視さんと観光したかっただけなんで」

『美味(おい)しかったですね、ソフトクリーム』なんて、本当に旅の感想で括(くく)られては、本名も黙って頷くしかない。

しのごの言っても、もうこれからは楽しむべきただの『ご旅行』だ。

少し遅れると連絡を入れておいた旅館に着くと、着物姿の仲居がいそいそと出迎えてくれた。もてなしとしてだけでなく、到着するやいなや気まずそうに切り出されたのは、部屋の変更のお願いだった。

予約していたのは張り込みに適した角部屋だったが、空調の具合が悪いのだという。

今や非番で部屋に拘(こだわ)る必要もなくなった上、代わりに離れの一室を用意されて、断る理由もなかった。

「すごい立派な部屋ですね」

上機嫌の塚原の言葉に、案内した仲居の声も弾む。

「はい、とても良いお部屋なんですよ。離れの中でも『清庵』の露天風呂は自然石を使っておりますから、皆さまに大変喜んでいただいて」

広々とした和室の本間に、茶室にもなるという次の間。庭園風の露天風呂まで備えた、仲居も胸を張るだけのことはある豪華な客室だ。

しかし、大げさに喜んで見せたのは塚原だけだった。仲居が出て行ってからも本名は途方にくれたように部屋の真ん中に立ち尽くす。

「離れで特別室って、ホテルで言うところのスイートだろ。おまえと二人で泊まっても……」

「神様からのご褒美かもしれませんよ？」

「いや、空調と密売屋のハライタのおかげだし」

こんな立派な部屋が空いているのも、連泊客が一日早く予定を切り上げて帰ったからららしい。まず間違いなく、組の幹部たちだ。

「日頃の働きを神様が労ってくれてるんですって。明日への英気を養うためにも、ここは素直に受け止めましょうよ」

「で、おまえはなにをやってるんだ？」

本名の心も落ち着かないが、塚原のほうは体も落ち着きなく部屋を隅々まで見て回っている。しゃがんだり立ち上がったり、靴箱から掛け軸の裏、花の活けられた花瓶の中までだ。

「怪しい忘れ物でもあったら、休暇が台無しですからね」

そんなところにあったら、忘れものではすまない不審物だ。

どうやらなにも見つからなかったようで、ホッと表情を緩ませた男は本名の元まで戻ってくると黒い眸を輝かせた。

「大丈夫みたいです。そろそろはしゃいでもいいですか？　映視さんと過ごせる貴重なプライベートですね」

「そんなこと言って、おまえはいつも口ばっかりだけどな」

目の前に迫られると、公園での出来事など蘇ってきて、ついまたぶっきらぼうになる。

「口ばっかりってなんすか。一応、俺は有言実行な男のつもりなんですけど？」

「プライベートだろうと、俺にはそれらしい話はしたがらないだろ。どうでもいいことばっかり、いつもペラペラ喋りやがって」

本音が溢れるのは、自分のほうこそ先に私的な時間に浸り始めているからかもしれない。

「映視さんにとって、どうでもよくないことってなんですか？」

改まって問われれば返事に詰まった。

「べ、べつに具体的にこれってなにかがあるわけじゃない」

「なんすか、それ」

困ったように笑まれて、本名も誤魔化した。

「腹も減ったし、まずはメシだ」


まだ夏だが日がとっぷり暮れるのも随分早くなってきた。

料理までグレードアップされたのではないかと思うほど豪華な食事の後、風呂に入った。

部屋での食事に、部屋での風呂。家では当たり前のことが、旅館では大きな贅沢だ。

自宅とは違うのは、野趣溢れる露天風呂なところだった。仲居の言ったとおり、自然石で組まれた岩風呂は風情があり、広さも申し分ない。

雲が出ているのか、月がぼんやり滲んで見える。本名は朧月をぼうっと仰ぎ、突然現実に引き戻されるようにバシャリを湯を浴びせられた。

「なっ、なにすんだ！」

傍らで寛いでいるはずの塚原だ。

「せっかくだし、キャッキャしないとでしょ」

「小学生か！」

本名の揺るぎない突っ込みには、笑い声が返ってくる。

「すごい風呂ですね。部屋つきの露天で、こんな立派な岩風呂は初めてかも」

「ああ、やっぱりいいもんだな」

部屋を変えてもらえてよかったと、素直に思い直して気を緩(ゆる)めたところ、隣の男が今度は予想外の言葉を突き立ててきた。

「そういえばあのとき、なんで俺の首を舐(な)めたんですか?」

「……え?」

「公園で、首っていうか……ここんとこ舐めたでしょ」

「舐めてない」

「舐めましたよ」

鎖骨(さこつ)の部分を、自(みずか)ら指差したまま塚原は断定的に言う。

「あ、暑さで血迷ったのかもしれないな。本能で塩分補給しようとしたのかも」

「いつからそんな本能で生きる人になったんすか」

呆れ声は「手は汚いって言ったくせに」とボヤキを聞こえよがしに添える。

「まぁ、いつもはもっとすごいものも舐めてくれてますけどね」

揶揄(やゆ)には、本名も負けじと返した。

「そっ、そんなこと言うなら、今日はしてやらねぇからな」

追い込まれた末の言葉だったが、なにより効果のある反撃だったらしい。途端に形勢は逆転

し、塚原は狼狽え始めた。

「ええっ、こんな機会は滅多にないんだからお願いしますよ」

「おまえ、『いつも』って言っただろ」

「それは言葉のあや……っていうか希望です。願望です。実際、滅多にしてくれないじゃないすか」

「き、希少価値を高めてやってんだよ」

「そんな無茶な言い訳……」

あまり積極的になれないのは、塚原のほうがよっぽど上手くて比較されそうで嫌なこととか、塚原のものが立派過ぎて物理的にやりづらいとか――そんなところだ。

嫌なわけじゃない。

事実、光瀬に怪しげな薬を飲まされたときは、ただの空カプセルだったにもかかわらず、その気になった。

あれは――もう二ヵ月ほど前。

充分、『滅多に』に値するか。

本名は湯に火照った顔を伏せた。一房の前髪が額に貼りつくのを覚えつつ、月を映し込む水面に視線を落とす。

ただでさえぼやけた朧月が、チャプンと音が鳴ったと同時に揺らいで消えた。

「一頼（かずより）……」

また湯を浴びせるつもりか。

身構えるも、降ってはこない。不意に距離を縮めてきた男は、ぺろっと本名の首筋に舌を這わせた。

「汗の味、しませんね」

なにが急にその気にさせたのか。

「お、お湯じゃないのか、ただの」

「じゃあ、こっちは？」

今度はこめかみのほうだ。額の周囲は汗に違いないけれど、塩気を感じなかったのか、転々と場所を移動する。

最後は、水滴など浮いてもいない唇を吸われた。抗議してもよかったのに、本名は文句を言う代わりに目蓋（まぶた）を閉じた。

柔らかに唇を押し潰される。ちろっとなぞる舌先が閉じた唇を撫（な）で、緩めるとするっと中へ忍び込んできた。

濡れた舌を絡ませる。戯（たわむ）れるようなキスでも、湯船の中だからかいつもより息が上がるのが早い。

「はっ……」

本名は吐息を零した。

紛いようもなく額に滲んだ汗が、崩れるようにこめかみを伝って、首筋まで流れる。

口づけを解いて、恋人である男の顔を見つめると告げた。

「……ここじゃ、しないからな」

釘を刺したつもりだったけれど、まるで違う場所ならいいと、誘っているようにも響いた。


風呂から出て、脱衣所で体を拭いた。塚原は自身は適当にすませて、本名に浴衣を羽織らせてくる。

「どうせ脱ぐのに着るのか?」

あけすけな物言いに、塚原は苦笑した。

「いつも細かいくせに、そういうとこは雑ですよね」

「悪かったな、恋愛音痴で」

「言ってないでしょ、そんなこと。男なら、誰だって好きな人の色っぽい姿は見たいもんじゃないですか」

「そんなもんか?」

「映視さんは、俺の浴衣にはこれっぽっちも興味ないみたいですけどね」

拗ねる声に、本名はくすりと小さく笑った。

普段の塚原と言葉は大して変わりがないのに、やけにくすぐったいのはどうしてだろう。

紺色の浴衣にグレーの帯を回す長い腕。腰に触れる手が、両腕で抱かれているみたいで少しだけゾクゾクとするからか。

「おまえもちゃんと着ろよ」

本名は言った。自分だけ身に着けるのは間が抜けているのもあるけれど、言われてみれば塚原の浴衣姿ももっと見ていたいような気分にさせられた。

戻った部屋は、床の間近くの行灯の明かりを残したため、ぼんやり明るかった。

布団の上からも、表の露天風呂で湯の流れ続ける音が聞こえる。

耳を澄ませる間もなく後ろ抱きにする腕が伸び、がっついたように引き寄せられる。薄いが硬く筋肉の張った両胸を、手のひらは撫でて探った。

「おまえ…っ、手つきがやらしい……」

「やらしいことしてるんだから、当然でしょ」

悪びれも恥じらいもしない男は、本名のウィークポイントの一つでもある乳首を弄り始める。

「……んっ」

肌が湿っているせいで、指の引っかかりが強い。クリクリと擦ってやんわり転がすように触れる指は、やがて膨れた粒を摘まんだり揉んだりと、きつめの刺激を与え始めた。

「……ひ…ぁ……」

きゅうっと左右とも引っ張って嬲られ、体がビクビクと小刻みに揺れる。頭を左右に振りつつ「んっ」とくぐもる声を漏らせば、耳殻に唇を寄せた男が囁く。

「……スイッチ、入ってきた？」

「もうっ……そこばっかり、しつこ…っ……」

「映視さんのスイッチ、点火しづらいから……しっかり入れないと」

「人の乳…首、押しボタンかなにかっ……みたいに…っ……」

押しても捻っても、通電などしないはずの場所が痺れたようになる。走る快感に、本名は不規則に乱れる声を上げた。

「んっ、う……あっ……」

やばい。身をくねらせた拍子に、浴衣の襟の縁が触れるだけでも感じる。

「見せて」

「や……」

「映視さん」

背後から煽る艶を帯びた低い声。裾を軽く捲られただけで、もの欲しげに育った性器は露わになった。

——やっぱり、浴衣なんて着直すんじゃなかった。

下着は身に着けていない。卑猥な様は、素っ裸よりもよほど羞恥心を刺激する。

「ああ、もうガチガチですね」

「ふ…うっ……」

「……先っぽ、ぐっしょり」

「あぁ…っ、あっ……やっ、ん…んっ……」

先端のぬめりを教えるように、手のひらでクチュクチュと揉まれた。最初から飛ばした愛撫に、感じやすい亀頭はさらにぐずつきはじめる。

もう達してしまったかのように濡れていた。一人でしてもこれほど興奮しない。カウパーが多く出やすいのは、塚原に抱かれるようになってから知った。

「……あっ……や……」

「こっち、向いて」

肩を摑んで仰向けに転がされる。元々、きっちりと身に着けていたわけでもない浴衣は早くも乱れ、体の隠すべきところを露出する。

肌蹴た胸元から覗く乳首に、上向いて涙を零す性器。すべてを晒けだそうと足を割る塚原に、本名はその整ったままの浴衣の襟元を摑んだ。

「お、俺に……してほしいんじゃ、なかったのかよ?」

拗ねたみたいに問えば、恋人は微笑みに目を細めた。

「ん……後でお願いします」

優しげに笑っても、セックスに関してはどうだか判らない。最初なんて、上手いこと術中に嵌められ、丸め込まれたとしか思えない戯れだった。

しつこくて意地の悪いときもある。最後は自分は自らねだって、懇願して——

よく知っているからこそ、思い返せばたまらなくなる。

「……はっ……」

上擦る息遣いに、覆い被さる男は身を屈ませながら言った。

「……どうしたんです？　急に大きくなったけど」

「や…っ……頼っ……」

「映視さんのここ、可愛いな。擦りたくてたまんなくて、もうこんなになってる」

「ばっ、バカ…っ……」

「本当ですって。男はみんなここを擦るのが好きなんだから。こんなふうにね……」

裏筋のほうを根元からぞろりと舌で舐め上げられ、本名はビクンとなった。まるで舐めてくれとばかりにきつく反り返ったところを刺激され、一溜まりもない。

「ん……あっ、や…っ……」

先端まで上り詰めては、また根元から繰り返される。艶めかしくくねる舌で弱い部分を擦られる快感に、性器は跳ねるように頭を振る。

とろっとしたものを小さな裂け目から溢れさせて、恋人がそれをしてくれるのを待った。

「……ふ…ぁっ」

先っぽを咥えられて、素直に感じる。

生温かな粘膜。包んで甘やかしてもらい、激しく追い立てられる快楽は、雄である本名の体を悦ばせる。ひどく興奮させる。

「あっ、あっ……あっ、それ…っ……一頼、あ…んっ……んん…ぅ……」

膝裏から両足を抱えられても、もう遮る言葉さえ出なかった。

頼りない浴衣の裾は、覆う意味では役目を成さない。腰の下に布を残しただけで捲れる。今にも弾けそうになるまで屹立をしゃぶって育てられ、本名は啜り喘いだ。再び根元のほうへ唇が下り、また舐め上げられるのか思えば、淫猥なキスはさらに下へと及んだ。

抱え上げた尻のほうへと。もぞつかせる両足を押さえ込み、窄まったところをチロチロと舌先でなぞり始める。

「ひ…ぁ……くち…っ……」

そこを口で愛撫されるのは、今でも抵抗がある。

雄の本能とも無関係であるはずの場所。羞恥だけでない罪悪感だ。塚原の唇がちゅっと幾度も音を立てる。舌先で入口をなぞって、ほぐして。指を飲めるほどに舐め溶かされる頃には、本名の体はとろとろだった。

「どう……してっ……」

長い指で中を攪拌されながら、本名は無意識に訊ねた。

いつもそうだ。『して欲しい』『してくれない』と言いながら、塚原は自分に強くは求めず与えたがる。

「……俺の映視さんが堪能できるのは、こんなときくらいだから……ですかね。いつもは……みんなの映視さんですもん」

「俺はっ……アイドルか、なにかか…っ……」

「刑事なんてそんなもんでしょ。市民のため、みんなのための存在で」

「おまえだってっ、刑事、だろ…っ？」

「俺は……結構いつでもあなたのことを考えてますよ。頭のどっか片隅で……仕事と映視さん、二つくらいなら同時に考えるのは余裕です」

堂々と言ってから、塚原は困ったように笑った。

「でも、今日は抜かりましたけどね」

「え……？」

「あわよくば一緒にメシくらいはと調べてましたけど、まさか……なもんで、今日は持って来てないんです。ここ、慣らすやつ」

「あっ……ちょ…っ……」

穿たれたままの指が、中で軽く前後に動いた。

バツが悪そうに、「こんなラッキーがあるとは思わなくて」と塚原は続ける。

「それは……しょうがないっ、だろっ……予定外なんだから……」

「ダメでしょ。男はいつ何時でも勝負できないと」

なんだか格好のいいことを言ってるけど、意識が高いのかただの俗物なのか判らない。こうして淫らな行為に至るための準備の話だ。

ベッドの……布団の上ではいつも、塚原の思いどおりに翻弄させられる。まるで普段の意趣返しも加わっているかのように——二年以上の月日が流れても、まだそう思う。

自分自身が変わらないからか。

もっと真っ直ぐに塚原を好きでいられたらいいのに。

「……そんなわけで、今夜はいっぱいキスもしますね」

「あ……待てっ、まだ……そんな…っ……」

もう充分なところを、濃密な愛撫で快楽にひたひたに浸らされる。

「も…っ……もうっ……」

絶頂感をはぐらかされ、本名の目からは力強さが完全に失われていった。涙の膜の張った潤んだ眸では、とても用を成さない。

いつもすぐに探し出されてしまう。本名の感じやすいところを、腰を引いても捩っても器用な指は見つけだし、ゆるゆると捏ねるように刺激した。

「あっ、あっ……あぁ……」

天を突くように腰が揺れる。

「かず…っ……一頼……」

熟れた体を持て余し、縋るような眼差しで見つめているのは自分でも判った。腰に残った絡みつく帯と浴衣のもどかしさを感じるゆとりさえなく、湯上がりと情欲に火照った体を揺らめかす。

「……すごい絶景。映視さん、たまんない」

「ふ…っ……あぅっ……」

ズッと指を抜き取られると、喪失感を覚えた。

切なくて堪らない。入口は緊張と弛緩を繰り返し、塚原の見つめる先でヒクヒクともの欲しげに収縮する。

「あ…っ……あ、止まんな…っ……」

「尻、上げて」

「やっ……あん…っ……」

塚原は自ら浴衣の腰の合わせ目を探った。

慣らされ、柔らかくなった口に昂ぶりを宛がわれる。軽く押したり引いたりを繰り返し、自身の先走りを塗り込むようにして塚原はそこを開かせた。

「ひ…ぁっ……あっ、はっ……」

圧迫感が大きい。

「はっ……はぅ……」

始まりから息が上がる。

「緩めて」

「あっ……ゆる、って……はっ、はっ、あっ……」

「……もっとです。もっと」

「き……キツ…いっ……あっ、一頼…っ、もう…、無理…っ……はっ、はぁっ、これ以上はっ……」

じわりと体重をかけるようにして、塚原は雄々しい昂ぶりを深く沈めていく。

ギチギチと軋むような感覚。激しさと裏腹に、やんわりと唇を額に押し当てられた。

「今日は、咥えていっぱい可愛がってあげるって……言ってくれたでしょ?」

「そんな…っ、こと……」

フェラの話なら匂わせたけれど、そんなことは言ってはいない。

否定させないつもりか、反論する間もなく唇が合わさり、ちゅっちゅっと何度も角度を変えて啄む。隙間から覗いた互いの舌を擂り寄せながら、腰が重なった。

「あ……んっ、ん……」

途中からは、本名からも塚原の唇に吸いついた。

キスをして、一つになって。ぐちゅっと淫らな音を立て、塚原は屹立をすべて本名の中へと埋めた。

「……全部、入りましたよ」

「あっ……ホント…か……？」

深く貫かれているのが、まざまざと伝わってくる。

身の奥で塚原を感じた。遠慮がちに始まった律動は動いているとも言いがたいもので、馴染ませるように恋人は腰を揺らめかす。

「痛くないです？」

問われて頷く。

痛くないというよりもむしろ。

「あっ……あぁ……」

前のめりに体重をかけられると、奥の深いところがノックされる。『ダメだ、ムリだ』と思っていた部分が、じわっと蕩けるように塚原を包んで、うねりを見せ始めた。

塚原は切なげな吐息を頭上で零した。

「負担かけないようにしようと思ってたけど……」

「ふ…っ、あっ……」

「さすがに二年も経つと……馴染んできますか。映視さん、もう……俺専用になっちゃったみたい」

「バカ、な……ことっ……あっ、あ、はっ……はぁっ……や、奥…っ……」

「協力してくださいよ。ほら……しっかり、足を持って」

ちょうどいい角度を探る男に求められ、自ら上半身へ引き寄せるように両足を抱えた。

抜き出しては戻ってくるものが、捧げた体を杭のように貫く。ずくっとほとんど真上から。

自分の中へと消えては、また姿を現し、ひどく卑猥で、ひどく変な感じで、ひどく——

「はっ、あっ……」

こんなのはおかしいのに。尻で感じるなんて、今でも普通だとまでは割り切れない。

なのに気持ちがよくて、中を塚原のそれで擦られると堪らなくなる。

「一頼…っ……もっ……」

パンと尻を打つように強く突き入れられ、本名は涙声を上げた。何度も「ひっ」と声を上擦らせ、息も絶え絶えになりながらも、感じているのは明白だった。

中心で硬く反り返ったものは、少しも萎えることのないまま、透明な先走りをたらたらと幹に伝わせている。

腹のほうまで濡れる。

「俺を先にイカせようってんじゃないですよね？」

きゅんっと何度も規則的に中を締めつけると、塚原が荒い息づかいに肩を上下させながら言った。

「……やばいな、ホント。気持ちよすぎ」

塚原の興奮が伝わってくるのが嬉しい。声から、眼差しから。繋がれたところからも、自分の身が悦ばせているのが判る。

だから、普通じゃないと思いながらも、こんなにも交わりは気持ちがよく、溺れてしまえるのかもしれない。

どこもかしこも筋張った体は、変わるはずもないのに、塚原の前では柔らかくほどけてしまうように感じる。

「一頼…っ…」

いつの間にか眦からこめかみまで濡らした眸で、本名はうっとりと恋しい男を見つめた。

「……はい？」

それだけで気づかれたんじゃないかと思うけれど、言葉にした。

「キスも、してくれ」

もう一度。

何度でも、してほしい。

「んん…っ……」

くちゅくちゅと深いところを抉られながら、キスを施されるとなによりも感じるのを知ってしまった。

全身が蕩ける。自ら両足を抱える手はとうに力が籠らず、滑って離れた代わりに、本名は無我夢中で男の浴衣の腰に足を絡みつけた。

「あっ、あっ……一頼…っ、もう、いく…っ…イク……」

「……さん、映視さん…っ……もっと俺を見て、その目で……見て。ずっと愛してます」

「一頼っ……」

おまえは俺が夢中になるのが優越感だと言うけれど、俺だって気分がいい。——器用に二つのことでも考えられてしまうおまえが、今この瞬間はきっと自分のことだけを考え、溺れているのだと思うと堪らなくなる。

そう言葉にしようとして、できたのか判らなかった。

判らなかったけれど、「好き」とシンプルな思いだけは言葉に変え、夢中で絡めた腰を揺すって——ほとんど同時に、熱い欲望を解き放った。


「貸せ、俺がやってやる」

ぶっきらぼうな声で本名が言うと、ドライヤーを奪われた男は少し驚いた顔をした。

口調が乱雑だろうと、髪を乾かしてやろうというのだ。『どうして?』と問いたげな表情に、本名は口を開かせないよう、有無を言わせず洗面台の鏡の前に座らせる。

問われても困る。理由はなんとなくだ。

ただ、そうしたいと思った。

一面の広い鏡に、塚原と自分が映り込んでいる。背後に立つ本名は目を逸らし加減で、恋人の張りのある黒髪に熱風を吹きつけ始めた。自身はすでに乾かした後だ。

寝る前に、二人でもう一度風呂に入った。

いつもより長くなってしまったセックスの後、三時間ほど気絶するように眠ったので、『起きた後』というのが正しいかもしれない。

「今日はやけに優しいんですね」

せっかく流そうとしたのに、塚原は言った。

「俺はいつだって優しいだろ」

「俺以外の人にはね」

冗談だろうと、わりと当たっていて笑えない。

上機嫌で身を任せ、温かな風を受ける男は鏡越しに本名を見つめてくる。

「人にドライヤーをかけてもらうのって、気持ちいいもんですね。そういえば昔親にやってもらってたな」

「ああ、そういや自分もしてもらってたかも……小学生くらいのとき？」

「いや、中学生の頃ですよ」

「えっ」

意外な返事に驚いた。思春期も迎え、髪くらい自分で乾かす年齢だ。

絶句すると、塚原は言い訳した。

「犬を飼ってたんですよ。犬を洗って乾かすときに、一緒に並んで床に座って……犬はおすわり、俺は体育座りで。今思うと、なにが面白かったのか判らないけど、犬と同じが楽しかったんすよね」

「ふうん、兄弟分になったみたいな感覚だったのかな」

本名はわしゃわしゃと黒い髪を掻き撫で、根元へ風を送り込む。癖がなく艶があり、見るからに健康そうな髪だ。

こんな感じだったんだなと思った。

付き合っていると言っても、男同士で髪を撫でたりはしないから、今まで髪質なんて深く意識したこともなかった。

「映視さん？」

「あ……うん、大丈夫だ。ハゲはない」

「えっ、そんなこと確かめるためだったんですか!?」

「冗談だよ」

しみじみ触って感慨に耽っていたなんて、知られるのは照れくさい。

終わってドライヤーを元のラタンの籠に戻すと、同じ素材の脱衣用のワゴン下になにか落ちているのに気がついた。

ワゴンにかけた衣服から落ちたらしい、塚原の警察手帳だ。

「おまえはまた大事なもんを、こんなに粗雑に……忘れたらどうするんだよ」

いつもの調子で小言を言いかけ、開き見た写真をふと眺める。

制服姿の塚原。今はなかなか目にする機会はない。

「どうしたんです？」

「いや、男前だなと思って」

「……また冗談すか。もうびっくりしませんよ」

真面目な感想のつもりだったが、謙遜か本気か塚原はジョークに変える。反論してまで肯定したいことでもないけれど、口を開きかけると「そう言えば」と続いた。

「俺、制服警官になりたかったんですよね」

「そうだったのか？」

「まぁ、制服に憧れてたって言うか……親父が目標だったんで」

塚原の口から飛び出した父親の話に、ドキリとなった。それこそ、なにかびっくりさせようとしているのかと思いつつも、そんな様子はない。

　小学生のときに亡くなった父親は自動車警ら隊員だったそうだから、制服は交番勤務の警察官と変わらなかったはずだ。

「やっぱり後悔してるかな」

「え……？」

「親父にはそのこと言わなかったんで、今も時々思い出すんです。映視さんも、聞いたんでしょ？　俺の親父のこと」

　どこまでと口にしないながらも、本名は「ああ」と頷いた。

「あの朝、妹が病気で母は見送りに出られなかったんで、最後に喋（しゃべ）ったのは家を出るタイミングが一緒になった俺で。親父は、俺に『勉強しろ』って言ったんですよね。ちょうどテストの結果が悪かったんで、小言言われて」

「小言って……」

「『えー、俺べつに算数の先生とかなりたくないし』って返したら、『直接かかわらなくても、おまえがなりたいと思った職業に就（つ）くのに役に立つよ』って。まぁ、普通の励（はげ）ましなんすけど」

　鏡の中で目の合った塚原は、ふっと小さく苦笑った。

「あのとき言えばよかったと思うんです。『算数って、警察官になるのに役に立つの？』って。自分がなりたいのは警官だって、親父のようになりたいって、言ってやればよかったなって……小学生のときのことなのに、今も時々思い出すんですよね」

後悔と言いながらも、塚原の声は穏やかだった。

それだけの月日が流れたのだ。

息子は立派な大人になった。優秀な刑事になった。制服は着ないかもしれないけれど、父親と同じ警察官だ。

「伝わってたよ、きっと」

ただの慰めでなく、本気でそう思う。

本名は閉じた警察手帳を、そっと洗面台に置いた。

「なんか、映視さんに話したらすっきりしました」

鏡越しでなく、直接目にした男はいつもどおりに笑い、本名もいつものとおりに返した。

「もっと話せよ。おまえはお喋りの癖に、大事なことを話さなさすぎなんだよ。お母さんも、そうボヤいてたからな」

ちょっと小言めいた言葉を告げて、笑む。

「ホント、俺のことどこまで二人で話したんです？　あっ、教えてくださいよ、映視さん！」

部屋に戻ろうとすると、塚原も追いかけてきて、和室への引き戸を開けながら本名は返した。

「たまには休暇に旅行もいいもんだな」

「じゃあ、寝る前にキャッキャと枕投げでもします？　それとも、好きな子の暴露大会？」

呆れつつも笑った。

「それ、暴露にならないだろ」

あとがき

AFTERWORD

―砂原糖子―


皆さま、こんにちは。はじめましての方がいらっしゃいましたら、はじめまして。

さらっといつもどおりの挨拶から入っておりますが、久しぶりの本名と塚原です！

二年近く経っても相変わらず、『巡査部長本名』が『警部補本名』になったりもせず、相変わらずしがみついているだけで日々が過ぎておりますが、二人が書けて楽しかったです。

るっと帰ってまいりました。文庫としては四年ぶりです。素早い地球の自転に、相変わらずぬ
きっかけは、塚原の過去に触れてみたくなったことでした。結果、登場した光瀬は、たぶん嫌われ者ながら私はわりと好きです。なんとなく愛情表現は真っ直ぐな人のような気が……人目のないところでは、気を許した相手には案外優しいんじゃないでしょうか。喋らないにもほどがある武村に、いつか「成人さん」以外の言葉を発してほしくもあります。

本篇がシリアス寄りだったので、続篇はゆるゆる……いえ、甘々で書こうと意気込んでいました。意気込んでも思うように甘くなってくれない本名ですが、ゆるゆると楽しんでもらえてましたら幸いです。

イラストは、今回も北上れん先生に描いていただきました。この作品の何割かは、『北上先生に萌えるスーツイラストを描いてもらいたい！』という私の邪な気持ちでできています。ご

購入くださった方の何割かも、『北上先生の萌えるスーツイラストが見たい！』と手を伸ばされたのではないかと想像します。

なので、うっかりこの本から手に取ってしまわれた『はじめまして』の方がいらっしゃいましたらすみません。前作のすったもんだは、二年経っても相変わらずの本名が身をもって表わしてくれていれば！　具体的には、塚原に小言を言ったり、塚原に騙されて彼シャツ姿になったり、塚原に丸め込まれて素股エッチをしたりの前作です。搔い摘むと、こんな話です。

北上先生、今回もカッコイイ二人をありがとうございます。いただいた表紙のラフはどれも素敵で、贅沢に迷った末の一枚が今現在たくさんの方のお手元に！　スーツに加え、浴衣や温泉シーンも楽しみにしております。雑誌掲載の本篇の表紙は、刑事感が堪らない二人でしたので、お持ちの方は是非再確認しつつ読んでいただけたらと思います。

手に取ってくださった皆さま、ありがとうございます！

いつもご迷惑をおかけしてばかりの担当さま、この本に関わってくださった皆さま、ご尽力いただき本の形になりました。ありがとうございます。

この本が出る頃は、ちょうど文庫と同じ季節です。夏には山や海でキャッキャしたりしなかったりしつつ、本名と塚原の夏も読んでいただけたら嬉しいです。

２０１７年６月　　砂原糖子。

この本を読んでのご意見、ご感想などをお寄せください。
砂原糖子先生・北上れん先生へのはげましのおたよりもお待ちしております。

〒113-0024　東京都文京区西片2-19-18　新書館
[編集部へのご意見・ご感想] ディアプラス編集部「愛になれない仕事なんです」係
[先生方へのおたより] ディアプラス編集部気付　○○先生

- 初出 -
愛になれない仕事なんです：小説DEAR+2016年ナツ号（vol.62）
刑事と休日とソフトクリーム：書き下ろし

[あいになれないしごとなんです]
愛になれない仕事なんです
著者：砂原糖子　すなはら・とうこ
初版発行：2017年7月25日

発行所：株式会社 新書館
[編集] 〒113-0024
東京都文京区西片2-19-18　電話（03）3811-2631
[営業] 〒174-0043
東京都板橋区坂下1-22-14　電話（03）5970-3840
[URL] http://www.shinshokan.co.jp/

印刷・製本：株式会社光邦

ISBN978-4-403-52431-8